献给新中国成立六十五周年

桂兴华

著

桂兴华朗诵诗
插图本

中国在赶考

上海人民出版社

　　桂兴华，上海文广影视集团国家一级编剧。2010年上海世博会志愿者标志、口号评选委员会委员。中国作家协会会员，中国电视艺术家协会会员，中外散文诗学会副主席，中国散文诗研究会副会长，上海师范大学、上海电影艺术学院、上海电视大学兼职教授。浦东新区第一、二、三、四届政协委员。现为塘桥桂兴华诗歌工作室理事长。

　　上世纪八十年代，桂兴华曾经创作了上千首散文诗。尤其是以风格雄健的城市题材散文诗独树一帜。1992年开始，桂兴华创作的十部长诗，多次进京演出并入选上海市重大文艺创作项目和全国重点书籍。中国作家协会、上海作家协会、《文汇报》社曾在北京召开"桂兴华政治抒情诗研讨会"。二十多年来，桂兴华的朗诵诗演出以后，都引起强烈反响。其获得的主要奖项先后有：上海青年诗歌比赛第一名、"萌芽"文学创作荣誉奖、中国广播文艺一等奖、全国电视诗歌展播特别奖、中国人口文化奖、纪念中国散文诗90年优秀作品集奖、共青团中央"五个一工程"奖、全国交响乐优秀作品奖等。

满目是你
新开辟的地平线

我必须有
更加嘹亮的出发

《邓小平之歌》朗诵音乐会
主创人员记者见面会

2008. 8. 22

又一次在梦中聚集

前面，正在施工

●春风，架起了一座座桥

●与远方的远方招手啊
●与比新更新的风景招手……

与草根同登殿堂
和学子争鸣沙龙

与春姑娘在一起

艺术之树常青

中国红了，红了！

敲醒甲秀里

怀念峥嵘岁月

金号角又在吹响

摄影：任　珑　郭在精　桂　岭
小多彩　罗建川等

序 一

喜吟昂扬正气歌

陈东

　　桂兴华同志是我国新时期崛起的著名政治抒情诗人。他继承了前人的政治抒情传统，又有新的发展和创造。他潜心创作的许多红色题材诗歌，气势很饱满，读来令人激情洋溢，又朗朗上口，十分可贵，所以得到了广大读者的欢迎。今年，为迎接国庆 65 周年，他又推出了这本《中国在赶考》。

　　中国政治抒情诗的长期存在，是诗歌发展的一个重要现象。为什么大家会这么关心政治抒情诗？实际上我们的文学家和国家和民族的命运、时代的走向是息息相关的。所谓的政治抒情诗，就是诗人发自内心的对于时代的感悟、对于人民的关注，对于祖国命运的极大的热情，才会有感而发地迸发诗情。

　　在《金号角》举行首发式的时候，我就说过桂兴华是一个敏感、热情、多产的作家。他生在旧社会，长在红旗下，从少先队员、共青团员、共产党员一路走过来的 60 多个春秋里面贡献了 25 本著作。其中，他的很多诗歌都是长诗，比如《跨世纪的毛泽东》、《邓小平之歌》、《祝福浦东》、《永远的阳光》等等。

桂兴华的作品都是有感而发。他关注浦东的开发开放、整个中国的改革开放。他长期生活在浦东，深刻了解浦东是怎么追上来的。长江的龙头扬起来了，春天的脚步越来越近，而且很强劲。在这种情况下，他的一部部作品越来越释放出自己的正能量。他诗中的艺术性和思想性的结合，也越来越好。

兴华患有哮喘，但在他羸弱的身躯里，燃烧着一颗滚烫的心。在《峥嵘岁月》朗诵会现场，我们都能感受到他诗句的冲击力。我也曾经很喜欢他在《金号角》中的很多比喻，比如讲到共产党宣言的翻译，比如讲到很多政治先贤、英雄人物的诗篇，如朱德、陈毅、杨开慧、孔繁森、任长霞等，他都能把思想性和艺术性结合得很巧妙，这是实事求是的评价。当下的读者摒弃"口号音乐"、"标语诗歌"，兴华却能熔观赏、思想、艺术为一炉，令读者在咀嚼中回味。

随着兴华自身的艺术积累，和他在创作上的磨练，他的诗越来越有感悟了，达到了一定的高度。我觉得他在不断成长，跟着这个时代在继续成长。兴华并不落伍，不断有新作，跟着这个时代在进步。这本很适合朗诵的《中国在赶考》，又给了我们一个惊喜。

有些读者对政治抒情诗的理解上有一个固有的印象，认为这个品种"太强调政治"。但是，在任何一个国度，政治和文学完全剥离，也是很难的。因为文学总是一个时代的产物。所以作家很难说自己不生活在这个时代里。古今中外，概莫能外。

兴华有一个很好的地方：他所有诗歌的核心价值观是非常、非常鲜明的，他始终和这个时代同呼吸、共命运。这点很重要。兴华的作品不是躲进小楼的、象牙塔里的，或者说和这个时代有间隔。他没有，这是他最好的地方。他始终关心着时代的进步、人民生活的改善，和我们号召的核心价值观的确立。兴华诗作自然流露出他的红色智慧，这在多元化的今天实属难得。

他始终没有游离主流，他没有刻意地背离主流，而是更好地用艺术化的诗歌来讴歌时代的主旋律。他深入生活，去了解这些人物的走向，所以他诗歌中人物的解构，越来越有血有肉，把他们的灵魂刻画出来了。

感谢浦东新区长期以来对兴华的支持，使他能满怀热情地投入政治抒情诗的创作。塘桥街道更是从各方面参与、帮助了兴华工作室多次很有意义的活动。我要谢谢浦东这方热土，谢谢塘桥。

谢谢兴华，谢谢支持兴华的同志们，也谢谢喜欢兴华诗歌的广大读者们。

希望大家继续关注兴华，关心上海文学界，关心党的诞生地、我们生于斯、长于斯的这座城市的现在、今天和未来。

任重而道远。我们具有自己特色的社会主义文学力量，正在实现中华民族伟大复兴的中国梦里积聚和发展，朝气蓬勃地"继续赶考"。

2014 年春，上海

（作者系中共上海市委宣传部副部长）

陈东在《金号角》首发式上讲话

序 二
执着捶击黄钟大吕

陈铎

　　我与桂兴华很早就认识。上世纪九十年代初叶，我应澳大利亚外交部邀请，去澳洲访问，那时桂兴华在新华社《开放》杂志当总编室主任，访问回来后他约我写稿。我以《澳洲金龙》为题，写了几位澳大利亚杰出华人代表的长篇通讯。这以后就一直有了来往。我很关注他，发觉他越来越以一位政治抒情诗人的形象，出现在媒体上和大众视野中。

　　一天，他突然到我办公室找我，提出想投奔到东方广播电台麾下，其时我在东方台当台长。他说他想辞去《开放》杂志的职位，在我这里专注于主旋律诗歌的创作，同时也可帮助东方台策划一些大型活动，并撰写大型活动的文学脚本。

　　东方台当时办得很火也很活，隔三差五地会办一些社会活动与文艺活动。这是我办台的一个理念，我认为广播不是强势媒体，东方台要在社会上树立品牌效应并扩展影响力，就一定要将广播节目与社会活动结合起来，产生立体辐射和全方位影响，这样才能与报纸和电视抗衡，甚至超越它们。当时网络媒体等尚未崛起，报纸和电视还雄踞传媒市场。桂兴华可能摸着我这思路，所以才提出这样的要求。东方台经营很好，不缺钱但缺编制，于是我向桂兴华大胆提出在东方台下设立一个桂兴华工作室的想法，就这样桂兴华归属到了我的门下。他的这一走向，得到了时任上海市委宣传部部长金炳华的赞许。

这以后，我觉得桂兴华进入了一个创作爆发期，他几乎以一年一本的超常规速度，出版他的长诗。而且他接触的几乎都是时代重大题材，我真担心他不堪重负。他并不魁梧的身材由于长期伏案写作，已经有些微驼，如此接二连三的对时代重荷的自觉承载，他能担当？他的背不会压得更驼？然而每次看到诗歌朗诵会上，他那意气风发、挥斥方遒的神态，我便有所释然。他的一首一首诗，就这样从他那羸弱的躯体里奔涌而出。

我和他策划了一场场大型诗歌朗诵会，朗诵他写的《邓小平之歌》《中国豪情》《祝福浦东》《永远的阳光》等等。参加朗诵的有孙道临、秦怡、李仁堂、奚美娟、乔榛、丁建华、王洪生、张名煜、野芒、赵屹鸥、张培、方舟等，阵容超强。

陈圣来在塘桥主持"中国当代政治抒情诗高峰论坛"

其中影响最大的是《邓小平之歌》。我们这代人沐浴太多邓小平的恩泽。是他恢复高考的决定，使我们有了重新上大学的机会；是他南巡的讲话，使我们加入开发浦东的行列，并有了创办东方台的机遇……所以桂兴华从自己的生活感受出发，写歌颂邓小平的诗篇，我一点没感到有任何做作和趋炎附势的嫌疑。我们感恩邓小平，中国感恩邓小平，时代感恩邓小平。

《邓小平之歌》十分成功，因为桂兴华发自内心的诗篇抒发了我们共同的心声。不久，朗诵会移师北京，我亲自带队，在北京音乐厅演出。浦东的老领导，刚就任国务院新闻办公室主任的赵启正参加了我们朗诵会。那些朗诵会的留影现在成了弥足珍贵的历史记忆。

这以后，我奉命去筹备中国上海国际艺术节中心，不再是他的领导和同事，但他每出一本诗集照样还会寄送给我。浏览之余，颇有感慨。这些诗集一如既往继续他的政治抒情风格，保持着诗人对时代澎湃的激情和灼热的胸襟，在当下价值多元思潮多元利益多元的冲击和诱惑下，桂兴华没有彷徨，没有犹疑，没有畏葸，还是执着而寂寞地捶击着他的黄钟大吕，给我们的社会和文坛留下荡气回肠的警醒和声韵。

桂兴华紧跟时代，一步也不拉下，某种程度几乎成为时代的回音壁，就像当年我们读马雅可夫斯基，读贺敬之、艾青、郭小川，那是需要英雄并产生英雄的年代，也是召唤英雄诗篇并孕育英雄诗篇的年代。现在这样的年代似乎离我们远去了，那些诗人似乎也渐渐被记忆淡忘了。但是我们不可忘记当初那份感动，那份捧着散发出醉人墨香诗篇阅读时的欣喜和激情。时事沧桑，岁月磨砺，但愿我们的心灵和情感永远年轻。桂兴华的可贵之处，就在于他那颗不老的心和不老的情。

自从我调任上海社科院文学研究所所长后，我们的接触又多了起来。他已退休，然壮心不已，在浦东塘桥社区建立起桂兴华工作室。工作室成立那天他让我去为工作室揭牌，从设立在东方台的工作室到设立在塘桥社区的工作室，这一晃就是十几年。

这十几年桂兴华的诗作颇丰，然而我觉得更可贵的是他的社会活动能力。他在塘桥社区不仅成立了工作室，还组建了"春风一步过江"朗诵团。我聆听过这个居民朗诵团的朗诵和发言，他们对诗的阐释、理解和表达令人不敢小觑。社区里的居民唱歌跳舞哪怕是绘画书法司空见惯，但诗歌朗诵我敢断定绝对是凤毛麟角。所以我们要感谢桂兴华，感谢他的努力。他让诗歌走出书斋，走出深苑，走进社区，走进平民大众。

现在，上海人民出版社即将出版《中国在赶考——桂兴华朗诵诗插图本》，让朗诵为诗歌插上飞翔的翅膀。传诵的诗与纸面的诗不一样，它更能扩展诗的传播力和影响力，同时又反过来，更考验诗的本身的艺术性和社会性。好的诗会不胫而走、传诵不衰，这是我对桂兴华的期望，也是对这部诗集的期待。

2014 年 2 月

（作者系国家对外文化交流研究基地主任、上海社科院文学研究所所长。）

中国在赶考

目 录

接到了
阳光寄来的又一张请柬
中国的第一方阵
携着从键盘上弹出的春风
领跑着
诗意的一路畅通

摄影：李君俊

序诗：中国在赶考

——写在西柏坡

1949 年 3 月 23 日，毛泽东率领中共中央离开西柏坡"进京赶考"。

2013 年 7 月 13 日，习近平总书记又来到西柏坡，说："赶考远未结束"。

今日西柏坡景区，当年不朽的群像（资料）

总觉得你，还在赶考、不断地赶考，
还在军委作战室的那片窑洞前，深情地远眺。
历史，已将你的前辈塑成了无所畏惧的群雕，
你和战友们啊，又将碧波荡漾的中南海，
比作了指挥辽沈、淮海、平津三大战役的小山坳。

此刻，统帅发往前线的三百多封电报，
在滹沱河北岸发出了新的问号：
你能不能用坚定的目光，回答远处动荡的波涛？
会不会像进城后的李自成，
在颂歌的包围中居功自傲？

你也许还在想：
延安窑洞被乡情炸热的那锅年糕，
天津严厉处决刘青山、张子善的那片枪声和留下的思考……
呵护从前的战绩，就是为了今天的城乡，
不能被越来越严峻的考题难倒！

那首《春天的故事》啊，又一次在耳边萦绕，
每一个音符都成了追思的内容提要。
留下春天的那位老人啊，

作者在西柏坡毛泽东
旧居前留影

给了我们多少苦苦摸索的指导？
我们怎样擦亮检验真理标准的法宝？
怎样让特区的闯劲，继续感动天涯海角！

于是，幸运并没有闭上眼睛，
而是在通往明天的长廊上继续扫描。
春意，不仅仅在一株株新柳的腰间舞动，
而且闪耀在每一条更加美妙的生活频道。
正能量啊是一位高明的医师，
透视着隐藏在背后的每一个有毒的细胞……

黑漆漆的矿井里，当你穿着雨靴把久违的阳光寻找，
谁还在盛宴上，偷偷将权利当成酒杯频频地移交？
你不容许虚假的种子在喜报上播出，
你察觉到有些阴谋，在幕后发出一阵阵奸笑。
想不到啊还会有新的铁索桥，
横在了我们每个人的眼角！

还得赶考！
不能理睬阴影的绊脚！
还得赶考！

作者在西柏坡周恩来住处
前与当地农家孩子合影

还得召唤——新的十八勇士成为攻克阵地的向导！

此刻，中南海里的一条条指示，
又在命令撬开哪几处会所里的碉堡？
迎击扑面而来的远疆风雪，
哨兵中的你，信心是最能御寒的军用棉袄！

你在思索：孩子们的就医，究竟还难不难？
你在挂念：民工们的工资，到底还少没少？
那些亏损的企业，还会增加怎样的烦恼？
那些求职的笔，还会怎样在拥挤的市场里填表？

是的，时间有千万个姓氏，
你只是其中极其普通的一个。
当你与这一个握手，
下一个可能更加焦虑，眉宇间是什么在悄悄燃烧？
但你的梦，决不是奢侈的画，
而是草根能在网上订到的——一张张公平的票；
你的梦，也不是虚幻的云，
而是百姓都明白的——一座座早有归属的岛！

此刻，发往前线的一封封电报啊还在发问：
怎样让心，
成为开放的自由贸易试验区和永远美丽的鸟巢？
你一路考察的风衣，
闪进了何处居民的巷口、边防的岗哨？

正因为你的一字一句，
还在吹响飘着红缨的长征军号；
一心为百姓办事的情节，
才不断在更新的交通地图里、在向美丽搬迁的线路中发表，
而且握住了一代代开拓者的骄傲，

作者主办的"红色诗人实物展"

作者在西柏坡农民家中采访

让分针和秒针——剪断观念的苍老！

此刻，发往前线的一封封电报啊，
哒哒哒，哒哒哒，汹涌着青春的心跳。
那几部老式手摇电话机和军用电台啊，
强劲的呼吸又将清廉的伙伴们紧紧拥抱！
军用地图上那几束势不可挡的红色箭头，
已经延伸到太空——"神舟"、"嫦娥"的神经末梢！

为了让笑容，始终绽露在四季青敬老院的墙角，
为了让生活的美味，
像庆丰小铺那些货真价实的肉包；
为了让一阵阵关照，
继续把微信里的华灯一盏盏点着！

看！你身后这支永远在出发的队伍啊，
还刚刚离开晋察冀边区的西柏坡，
准备冲破一层层雾霾的笼罩，
在春意更浓的花地，
在不再狂喊的旷野，
在挤满希望的长街，

中共一大会址（资料）

在永无止境的中国梦里——赶考！

此刻，时机正好！
此刻，目标正好！
一面火红的旗帜，正指引 13 亿颗追梦的心，
继续冲出漆黑的隧道，
扑进阳光温暖的怀抱啊，
继续赶考，赶考，赶考！

作者在 2014 年 3 月，《中国在赶考》
第一场塘桥朗诵会现场 摄影：小多彩

一、红旗下：铁流正在挺进

千万面五星红旗一起笑

一座又一座山

既是观众

又是其中一缕一缕的歌

日夜奔涌

晨沐 摄影：卫国强

遗忘了你们，我就会沦为废墟

——写在烈士纪念碑前

依旧在呐喊（资料）

我的眼前：
有厮杀声和寒冷的钢盔滚来。
有铁丝网和滴血的草鞋走来。
有最黑暗的一段山路上的一匹雪亮的马，奔来！

还有一面用微笑绣出的旗，在张开。
更有那阵被叛徒无声的子弹击中，
拖着长镣的脚步，
在缓缓响起，响起……

黎明：我低下了头。
就像面对铁笼里的一把把利斧，
黑屋中的一道道光线。
一条条领巾，
被一场场冷雪洗得更加鲜艳！

尽管裹衣的风如乱刀刺骨，
尽管洗脸的雨像利剑横飞，
你们真是大无畏！
任凭有突然受袭的悲怆。
有接到噩耗时的蹶倒。
有亲人撕心裂肺的哭……

一群决不退让的壮烈。
你们宁愿自己跌入地狱，
宁愿自己痛别喜剧。
不管有没有立过誓词，都显示了价值！

即使有所遗憾，也没有任何怨言。
甚至没有留下姓名，没有留下籍贯。
像一柱柱默默燃烧的红烛——
即使落成一堆灰烬，也捅破了严密的黑暗。

作者（前排左二）
1971 年在安徽定远县
插队务农时，在烈士
纪念碑前与知青积极
分子合影

暴风雨中几度摇曳啊，
硬是扛起了——
我肩头无比鲜红的早晨！

此刻：你们流血的年代，已经留在遥远的遥远。
每一滴血，都显得格外珍贵。
生命，有时候脆如一张苍白的纸，
经不起风的手轻轻一撕。
有时候，又弱似一棵断根的草，
脚一挪就被悄悄收拾。

我的心，更加痛。
你们是我永不分离的姐妹兄弟啊，
但——走进了纪念碑。
我的思想还没达到你们的高度，
你们却已凝固成了一处处石纹。
可澎湃的热情，是否在我的血管里奔腾？

我能不能像你们——
把全部的热量献给历史？
要知道：当下，还需要献出血。
还需要战胜可怕的威胁。
我，该怎么汇入这炬赤诚的火焰……

如果我遗忘了——
我，就会沦为一堆废墟！

作者在彭湃烈士墓前

天安门广场铺开了一张稿笺

——写给开国大典

1949 年 10 月 1 日，毛泽东在天安门城楼上宣布：中华人民共和国成立！

十月，成了电视晚会的背景　摄影：桂兴华

天安门啊天安门
把天南海北的梦聚拢起来的天安门
无论过去，还是现在
哪一天不带动一朵朵小河的浪花，合奏起探望的节拍……

已经远去了，曾在此囚禁的光绪皇帝的颓败
已经远去了，曾在此密谋的窃国大盗的悲哀
不该坐的总坐不住，应该来的迟早会来
一双巨手终于打开了前门，打开了永定门
紫禁城所有的门全部向新的主人打开
但为何一沿着长安街那长长的线索
你眼角的泪就悄悄绽出了不可抑制的恨和爱？

炮声隆隆的黄洋界啊硝烟滚滚的狼牙崖
长镣铮铮的龙华寺啊落英纷纷的雨花台
你率领的这支铁流敲打过茫茫草地，丈量过雪山皑皑
作战图中既定的目标才终于淌过血水、污水和汗水
把饱尝了艰辛的名都燕京
揽入了杨开慧、毛泽民、泽覃、泽建、楚雄……
以及千千万万先烈的胸怀！
唯有这面你在南湖小船上宣誓的旗帜
才使革命，登上了能笑谈几千年风云的检阅台！
登上来了！群山之巅的风采
登上来了！浪涛之尖的神态
你那操着湖南口音的宣言，雷一般震醒了1949的脑海

2014年2月7日，北京初雪，
作者在天安门广场

作者在福建古田参观

你那特定的呢制服，第一个穿出了新中国的气派
十月的日历从此被五十六个民族的二十八门礼炮欣然轰开
那五颗金星随着你胸腔的起伏上升！上升！
顿时拂热了九霄云外！

一个诗人把一生中最壮丽的诗篇写得多么自在
这天怎么特别的蓝，这云怎么格外的白
广场，被当成了一张稿笺铺开
每一个标点都来自欢腾的人海
整个中国不就是一首宏大的诗吗？
格律是雾的沉沉一线
韵辙是水的茫茫九派
你不是仅仅靠一个人写，而是发动了村村寨寨
终于写出了印在每一双眼里的长卷，举在每个人手上的等待！
你酝酿的佳句啊，就是此刻飞向每一片晴空的云彩……

登上来了！并肩的战友
登上来了！威风凛凛的统帅
少奇的矿灯穿透了层层煤海
朱德的扁担挑来了千箩万袋

作者在上海举行"红色诗人实物展"时，
接受少先队员的献花

恩来的右臂又在周而密地沉思
陈毅的诗句又有"挺且直"的记载
军装们与沾满油污的长衫、彬彬有礼的西装站在一块
就能平息米价的涨潮，和霓虹灯下隐蔽的灾害

那一天，你始终站在检阅台
黄昏的脚步也不得不放慢了节拍
只看见千山万岭还在向你涌来、涌来
分不清是来自驰出烟雨的遵义，还是来自转战千里的陕北
你怎能不高喊：同志们万岁！同志们万岁！
把水银灯打开！把水银灯打开！

《红色诗人实物展》在上海甲秀里毛泽东旧居揭幕，作者带领居民们参观

你想把这支前连着旷古后接着未来的队伍
看得更加明白，更加明白
为人民英雄纪念碑奠基的第一铲土提醒你：
哪些该埋？哪些不该埋？

勤政殿开始真正勤政
怀仁堂开始真正怀仁
盛世的最高执政者
决意像白雪一样不能与尘泥混在一块
皇家宫苑的粉饰全部取消
旧墙没有更换任何穿戴
乡情，却像不能丢弃的盐渍红椒随时能咬、随时能摘……

被你称赞的方向盘，操纵起盘山公路上的车队
被你鼓舞的激情，搅翻起严冬覆盖下的油海
被你关注的戈壁滩啊升腾起一朵朵绚丽的蘑菇云
新华门前那块"为人民服务"的巨匾
始终喊着你的谨慎和一年又一年的豪迈……

天安门啊天安门
使男女老少的诗四季茂盛的天安门
无论殿堂，还是亭台
哪一处不召集一处处山野的花枝，一起将春天绽开，绽开！

"红色诗人实物展"在上海各区巡展

风雨，漂不白市长的军大衣

——写给外滩陈毅铜像

那一天，你系着绑带的腿，
从丹阳、从长江口、从井岗山，
从无数个伴着枪声的两万五千里，
一步闯进了旧市府森严的大门。

那天下午，你用笑声与前任握手，
轻轻掀开了办公室新的日历。
其实，你那带着四川口音的诗句啊，
早已构思了上海五月二十八日的布局。

刚用戴家花园的一锅新蚕豆，
煮熟了前线委员会渡江的讨论，
你那件被风雨漂白的军大衣，
又穿过了江边浓浓的硝烟。

另一支队伍，
从嘉定、松江、金山、奉贤、川沙、宝山节节败退。
有轨电车叮叮当当地奏乐。
你打着补丁的衬衣里，
却藏着清醒的武器。

银元不明不白的涨潮，
被你以纠察的名义迅速平息。
你的思路上灯海翻涌，

外滩陈毅雕像
摄影：何宇峰

杨树浦的纺锭转变了豆渣里的曙色。
一瓶瓶牛奶递向孩子的手，
盘尼西林的针剂和药包围了各种各样的病。

你悠悠然摇一把芭蕉扇，
摇掉了全城难免的烦躁。
增加了一封装有子弹的恐吓信，
你却减去了十名身边的警卫。
一个啃过冷面包的法国勤工俭学的学生，
今天用下围棋的手，
用电话拨动着千家万户梦中的太阳和月亮。

化了装的兵痞、刺客，
在这座新的孟良崮上又被迁灭。
卖笑的脸被关闭了。
只听见里弄阿姨们的腰鼓声里，
又一曲《梅岭三章》的韵律，
渐渐改变了百乐门舞厅的旧色。

此刻，你仍然在外滩——
是公交车大潮中的一朵浪花，
又是检查市容的一块袖标啊，
比准点的天气预报来得更早，
在千百万双明眸里，
蔚蓝了转弯处的每一群路牌……

南京东路的弄堂　摄影：桂兴华

那辆旧自行车，没有倒向另一种色彩

——写在"南京路上好八连"事迹展览馆

展览馆里，陈列着当年巡视岗哨的一辆旧自行车。

只见你又穿过南京路上露宿的星群，
给这座曾经没有早晨的不夜城，
带来了解放区山花般的灿烂……

霓虹雨中，你坚定地迎着怪腔怪调，
俯瞰着、透视着每一个不该忽略的角落。
即使扑面的风喷香，
你，也没有迷失方向！

你没有晕，没有醉，
你那双系惯绑带的腿，
锵锵了新的海关钟声！

敌军不甘心溃退。
对付那些化了妆的炮弹，
缝补过的军装早有准备。
那一派狂言，
不都被你战士的双脚碾碎？！

今天，你静静地伫立在这里。
巡逻兵特有的眼神——
没有一刻，

南京路在走
摄影：胡胜翔

倒在那些闪着另一种色彩的门口！

你那颗永远在赶路的心啊，
是第三个车轮，转动着《三大纪律 八项注意》。
使我们许许多多车，
不得不在十字路口深思，久久地深思……

竹扁担挑来的党费

——写在"井冈山精神展览会"

展览会中，有一张朱德1976年的存款清单："20306.16元，中共中央办公厅特别会计室制。"朱老总立下遗嘱："把这仅存的二万多元钱捐作党费"。

油画《朱德的扁担》（资料）

你那根专用的竹扁担，
曾经挑来新中国最早的笑声。
眼前，苍老的你，留下的财富却十分有限。

这仅存的二万多元钱，
每一分钱都打着绑腿、穿着草鞋。
每一分钱，
都流着一名转战千里的指挥员默默的汗。

你挑来的最后一笔党费，为何这么沉？
全因为来自你——
这一付从层层山峦里闪出的肩膀。
来自你临江楼前的倾吐、大榕树下的谈心。
来自你一场场滚滚硝烟中的镇定。

1976 年谁能想到：
仅仅过了几个月，
军长就永远离开了我们，离开了翠绿的井冈。
你那根写着"不准乱拿"的竹扁担，
还一声声将一位永不变色的山里人呼唤！

从前，你给饥饿的岁月，
挑来了一筐筐红米。
今天，又给富裕的日子，
送来了沉甸甸的坦诚。

此刻，你巡视的手指，在一次次叩击所有的心灵：
人生的账单，
能否经得起检验？！

你那根竹扁担，"不准乱拿"！
你还挑来什么东西，任何人"不准乱拿"？

二、春风里：未来开始微笑

为了温暖那些寒冬

有多少摸索

在纷乱的风雪中

带领一个守信用的民族

远远甩掉了

贫穷的跟踪！

真理的小道

——写在南昌郊外邓小平劳动的拖拉机厂

南昌郊外，拖拉机修配厂外，有一条小路，邓小平走了整整三年零四个月。

在中国，在南昌，在望城岗
有一条小路藏在田间的草地上
你埋在那里的沉默，至今还有回声激荡……

通向南昌拖拉机厂的"邓小平小道"（资料）

在那个不许你出声的年代
真理就这么千百次独自来回在这条被监视的小路上
六华里的蜿蜒小路，草也无言
你的双唇间总抿着一种反抗
如果说拨乱反正是一场大战
那么沉思就是大战前的军号在悄悄吹响
你每天总是微微低着头
为了啊全是为了我们的祖国能永远高昂！

你仿佛看到家乡曾被乌云困在重复山冈……
伴你成长的二十世纪初
满面污垢的广安县是一幅时代的肖像
烽火几度燃焦了同你一起疾呼的牌坊村
寒风又屡屡撕破了同你一起滑倒的望渠巷
魔爪，一年年掐断了九石坎发抖的炊烟
呻吟啊一声声蔓延着万春桥失望后的失望……

你亲眼目睹旧中国成了偌大的靶场
任强盗们举动了罪恶的短枪
你看到——英国射中了美丽的香港
葡萄牙又射中了娇小的澳门
你眼睁睁看到英法联军又射中了静如帆影的舟山
射中了甜似苹果的烟台
射中了把春意穿在四季的大连
射中了把渤海搂在怀里的天津！
你还听见日本帝国主义的发言
又使辽东半岛、台湾岛、澎湖列岛泪眼汪汪
条约之绳
将卑躬屈膝的大清王朝勒索得愈加慌张……

在离开私塾后与晨光作伴的土路上
在省下铜板中午不吃饭的小学堂

在为雪国耻罢课的县立中学
在搬运疲惫的法国军工厂……
你慢慢懂得了：
就因为贫穷是赶不走的寒冬
冷雨才扑打着一叶叶残窗
就因为贫穷是挡不住的狂风
积雪才砍伐着一丛丛树桩！
多少你崇拜的英烈把头颅化作种子
才长出了应有的主张！

谭嗣同呐喊着这个词！
康有为回响着这个词！
孙中山的檄文围绕着这个词！
毛泽东在南湖小船上的宣誓
更是激扬着这个词！
于是，从父亲那块田地里起步的你
从 1920 年的东门码头
向着马赛一路缓缓起航……

在这条漫长的小路上
你那双军用力士鞋的鞋印里
留下了一层比一层扎实的思想
"中国第二号走资派"的黑帽
只能使你的沉默更有力量！

当你把手摇车上的儿子
一次次抬进自家不能再简易的澡堂
手中的这块热毛巾就是含泪的父爱
一遍遍擦洗着
从京城瘫倒的已经失去知觉的创伤

而创造那个特定时期特定效率的

摄影：杨长荣

029

是你手中的那把小型锉刀与他那件蓝纱卡工装
未来，是你最心疼的儿女啊
你让路边同情的树叶
向所有的寄托都扬起了祝福的手掌
一个 65 岁的老人
当年在法国勤工俭学的钳工
将正在危急的庞大机器
放在了自己特有的钳子里、扳手上！

因为你知道——
如果不这样
我们的父辈啊就不能再在茶馆里笑谈沧桑！
如果不这样
我们的孩子啊就不能再在碧波上荡起双桨！
春，将不像春
秋，将不像秋
打谷场将碾不出饱满的四季
只留下空洞的谬论一行又一行
哪想到混浊的时局
又把你闭入层峦叠嶂
随着这条嘉陵江的又一次流失
更加放肆的洪水再一次地冲决堤防……

邓小平在南昌拖拉机
厂的工作台（资料）

青年邓小平在法国勤工
俭学（资料）

在中国，在北京，在旧宅红墙
有一条小路记录着跋涉后的选择
一天比一天宽广
你的目光不仅在观赏
还得第一个探索——掩盖在滚滚尘烟里的前方……

那年月的"捷报"连着"捷报"
锣鼓连着锣鼓，口号连着口号
长长的游行队伍

还是拐不出弯弯的胡同、窄窄的弄堂
乱雨依然连接着乱雨，严霜依然覆盖着严霜
鞭炮屑，已经渐渐扫去了夸张的芳香

往这边走是追随以往失误的盲目
往那边走是否定先辈长征的迷惘
广场上一处处积水，一程程泥泞
马克思的巨像前，列宁的巨像前
天安门的城楼前都没有问讯处
探路的脚步纷纷站成沉默的逗号
十字路口啊浓雾茫茫
亿万颗刚从浩劫中杀出的心
想不到前面还会有新的腊子口要闯！

你，久违的你终于出现在体育馆的看台上！
首都，霎那间拍红了欢呼的手掌！
纪念碑里一双双不眠的眼睛
也按捺不住满心的欢喜
中国的每个角落都掀起了向你问候的声浪！
祖国啊蹒跚的祖国
怎样才能步履腾飞？
祖国啊干枯的祖国
怎样才能滋补营养？
我，我们每一个人都忧心忡忡地把你期望……

经济这个词的真正含义
多少年被埋在穷乡僻壤
我们都忘了：
制度的推动，得依靠生产力强壮的臂膀！
浩大的中国正啃着一个苦果
岁月的大厦并没有器宇轩昂

是你，全靠你啊
第一个顶着漫天的暴风雪
挖出了这颗种子里的种子
并把它撒向应该开花的所有地方！
不能滞留在那个季节！
必须突围！只有突围！
中南海的小路又在召唤深圳
在 1979 举起第一杆火炬，日夜闪光……

公仆最不能容忍的就是人民缺衣、缺粮！
在最危急的时刻缺药、缺氧！
夹缝中的高速公路
怎能让童年的牛轭、少年的石磨再不断晃荡！
你患过的那两次伤寒
早就告诉病床：
什么时候最易折断人生的翅膀？

当母亲的街道工厂
正想裁剪浓云里的红霞
是你坚决卸去了太阳的外衣！
当父亲的百货商场
正想寻找长夜中的灯火
是你毅然唤出了干净的月亮！
在我们这一代插队的小村
也是你啊送来了长夜里燃不尽的烛光！

一个身材不高的巨人
使一大批高耸入云的巨人格外强壮！
任何人也挡不住
你和你那看不见的武装
此刻，向你致敬的
有争先怒放的五十六个民族的鲜花

有阔步前进的海陆空三军
有成片成片的平原和高原
从沿海一直绵延到广招人才的北方……

长安街啊雨后的长安街
在你面前打开了一幅长卷
从小喜欢书法的你，正握紧一支神奇的笔
画出博物馆里的古老
画出与田野交谈的欢畅
画出一处处城乡奔驰的辉煌！
辉煌了你和你的战友们、你的接班人们
你深爱着的所有梦想！

你开创的这条大路啊
已经贴在——
一代代中国人的脚掌上……

怀念　摄影：孙炼军

历史检票口
——写在赶赴 1977 年高考的路途中

一挤进火车站，没有一处记忆不背着包袱。
有的背着过于沉重的失落。
有的背着已经改不掉的口音。
对那些不习惯，我已经背着。
对那些别人看不见的尘土，我也得背着。
背着——那些忽隐忽现的远方的眼神。

作者 1973 年从凤阳师范毕业后在生
产队自己的小茅屋前重温知青生活

罗中立油画作品《父亲》（资料）

排在我前头的，
像因肺结核在不停咳嗽的父亲；
像在石库门里将白发当作回信的母亲；
也像无数个我，已经踩过的一片艰难。
当横在眼前的时间，一声喊："检票了！"
我并没有背上对前途的任何担忧。

幸运终于和我一起，按着顺序等待检票。
谁都想重返美好。
但从前是一部经典电影，只会快速倒放。
河湾的后面，怎么还是河湾？
我在小村里，拨开所有的草垛：

才探知县城老教师的家里，还有几叠仅剩的旧课本。
即使在雨夜，用鸡蛋换来的半盏煤油也摇曳着一线微光。
鼻尖被熏黑。手电筒聚光。枯槁的头发。铁姑娘式的土布方巾。
破损的《社会发展史》。仓库里的小黑板。
谁用低低的口琴声，颤抖着《莫斯科郊外的晚上》，
也沉淀着我破瓷缸里的一层层黄泥……

几回回蹩在小茅房，数着墙洞外稀疏的星光。
门前屋后的野草，没日没夜地在冷寂中疯长。
我难熬的饥饿，不仅仅因为缺少青春的口粮。
没有一对疾驰的车轮演绎山沟里的速度。
也没有第二块手表，校对草滩上的 1977。

准考证上的额头，已经有了皱纹，就像牛车累倒的辙印。
一个个漆黑的晚上，
找一星灯火得翻过多少道四季荒凉的乱石山岗？……
此刻：我的乱发可以隐藏，我正在把时间掰成两半。

作者参观知青博物馆

作者返回上海后，在浦东塘桥的小屋里写作

我张开了第二双眼睛，第三双眼睛，第四双眼睛，
把学习的机会，洞察得无所躲藏！

我误点的年龄，终于赶上迅猛而来的列车，来到了冬之夜的检票口。
不是一双腿，而是千万双腿，正在拼命地赶！
总觉得田埂的那头，
不再是望不到边的蔓蔓荒草。
终于看见了路边最先爆出嫩绿的春。

我的底牌翻不出资本，但我终于亮出了我的比分！
我梦中喊出的那所大学，开始不问出身了。
那一刻，父亲送给我的那只旧手表，30岁的秒针特别紧张……

新的人生，终于能通过这里。
为了补课，我们这一代将通过多少关口……

人民路上
——知青回城日记

人民是善良的。
曾经佩上满街的红花来送我。
相信北站后面的一次次停靠，不会给我带来满面风雪。

这是我从小生长的厢房。
雨点，总在矮檐下淅沥淅沥押韵。
退休工人手摇的铜铃，一声声叮叮当当祝福。
隔壁蹲着忠厚的"大世界"。
门牌上的繁体毛笔字，留有父亲的体温。
我曾提着靠椅，去袜厂的门口乘凉。
书店里聚集的故事还能借吗？

人民和我一起去零拷啤酒。
人民和我同享"堂吃西瓜"。
人民在黄梅天的客堂里唱评弹。
人民不会变魔术，只爱看。
人民是几十家煤球炉围成一圈。
人民是细绳吊下的一只公用灯。

作者 2014 年在上海老城厢采风

熟悉的弄堂，童年的记忆
摄影：桂兴华

人民端着盛满苹果片的茶缸去搓麻将。
人民在楼上楼下喊着传呼电话。

谁在小菜场里挑挑拣拣，
掏着皮夹子角落中的硬币？
谁在橱窗前左拣右选，
为我送来一家一份的贺礼？
人民的肌肤不太细腻，没法比较口红。
人民的自行车，把弄堂挤得更窄了。
还不习惯从轿车上伸出的皮鞋尖。

人民路隧道
摄影：桂兴华

人民是有向往的。
即使眼前只剩下一片瓦砾，还相信新的家院被绿树环绕。
谁欺骗了人民，
他就不配走在这条路上！

寻求空间　摄影：桂兴华

挺进的背影

——写在邓小平 1979 年黄山登临处

（资料）

　　1979 年 7 月 11 日，75 岁高龄的邓小平登临黄山，应复旦大学学生的要求，一起以百步云梯为背景照了相，还接过她们的学生证，签下了自己的名字。

……满目是你新开辟的地平线
整个世界云一般聚在了我的四周
顿时，眺望有了从未有过的高度
俯瞰也有了从未有过的感受
我，跟着你一路攀登，获得了从未有过的抖擞！

曾经在已有的台阶上滞留了很久
以为山脚已被冲刺远远地甩在身后
猛一抬头啊猛一抬头
又见你挺进的背影，厚实的肩膀
阵阵山风伴着你不知疲倦的衣袖

你的一生怎么没有停步的时候？
虽然你早已是巍峨的山峰
但仍然用跃动着的微笑
不断破开迷雾，分解了许许多多忧愁

山路已经作证！
山路将继续作证！
没有你
我，以及所有的音符都将坠入可怕的深沟！
正因为有了你一步步的探索
沿途的每一朵花才有了新的语言
成长的每一棵树才有了新的祈求！

该奋进的都在继续奋进
有的梦为何在沙滩上长期病休？
我不明白

有的韵脚为何穿不过狭窄的河流？
我步履里的黄山还不够渊博啊，还不够俊秀
千万座不知名的山峰
还在争先恐后地向我招手！

我，必须有一次更加嘹亮的出发！
我灵魂的步伐早已跨过一道道山丘
一道殷殷目光不正在向我深夜的笔杆
送来一声声问候……

今天，我命令我的诗，我系紧鞋带的诗
不能，决不能停留！
而要去会晤特别灿烂的满天星斗！
我的满腔热情为何感染了每一片红叶？

遥望陆家嘴　摄影：姚建良

是因为你赋予的第二次生命早已把林涛渗透！

我的诗啊
将和你一起去生动天下所有的树叶
去相会天下所有的鸟群
去打开啊天下所有的窗口！

看！还在攀登的你，正紧紧拉着我的追求
去与比新更新的风景招手！
与远方的远方招手啊！
与未来的每一座山峰招手……

妈妈，请你睁开眼睛！

——写在牡丹江及牟平杨子荣纪念馆

　　采访海林烈士陵园以后，我又来到牟平嵎岬河村的"杨子荣纪念馆"工地。杨子荣的妈妈宋学芝在 1974 年去世，至死她还不知道：《智取威虎山》主角的故事就取材于她的儿子。

此刻：阳光肃立，一点没有声音。
纪念馆工地上，很静、很静。
但我分明听见：
这里的每一块砖石、每一片木材、
每一丛绿树、每一处雕塑、每一面
彩旗，连同展板上的每一个字，都
在放开喉咙。
与奔腾在东北剿匪斗争史里的威虎
山林涛一起，大声地呼叫：
杨妈妈，请你睁开眼睛，睁开眼睛！

杨子荣生前胸佩红花的照片，成
了英雄形象的唯一证据

杨妈妈：你的儿子不是土匪。
而是你天天唠叨的那位打虎上山的特级英雄！
他，此刻从唱遍千家万户的京戏里，昂然走了出来！
回到了生他养他的嵎岬河村！
他从当年偷偷报名去参军的调皮里，回到了你的身边！

那一年正月二十九，梨树沟的后坡没有想到：
暗门后面的一阵乱枪，会使首先开枪的警觉倒下。

当年刊有《智取威虎山》场景的刊物封面

昏暗的七十年代，竟也会闭上眼睛。
歧视你，怀疑你，令你摘下了"烈士家属"的光荣！

要不是下令，寻找那个威武的原型；
你那个内穿黑棉袄、外罩黄大衣的儿子，
还是近在眼前，远在天边！

采访当晚，作者在牟平朗诵此诗

历史有眼！你那个大智大勇的儿子，终于出现！
杨妈妈，我们请你睁开眼睛！
尽管盘问与被盘问，识破与被识破，还在继续。
但形形色色的土匪，总逃不出我们的手心！

杨妈妈，你睁开眼睛吧！
那些混世魔王，一个个已被我们活捉。
顽固的冰，已被阳光一一收拾。
深过你儿子双膝的积雪，真正被化成峡河的春水了。

你的那架小收音机，今天还在听吗？
听吧！听吧！
那里面，肯定有你梦中寻找的儿子们强大的声音！

作者在牟平杨子荣纪念馆工地采访

致 邓丽君

——写在一盘无数次转动的盒带上

甜蜜蜜的邓丽君

（资料）

盒带封面之一（资料）

盒带封面之二（资料）

等了你多少年。

你终于不慌不忙地来了。很轻，很轻。

就像那年酷暑中的一场场雪。

"在哪里，在哪里见过你？"

你的一声笑，转动了千万盘卡式的盒带。

你横跨年纪的手，自然而然挥舞，或者哼出。

你仅仅是一句歌词吗？

你 这一杯"美酒加咖啡"，
怎么续了再续，还是让我迷醉最初的味？

那是个不能哆的年代。
但你偏偏亮出了好声音。
1953 年 的那张脸是刚刚出生的你吗？
多少录音从台北拎到了上海滩。

你来自父亲的河北？还是来自母亲的山东？
你家自产的肉粽成了一种护照。
靡靡之音往往不吼叫。
凡是"甜蜜蜜"的，重来不自封。

没有这么多敌人。
最可怕的是自己树起屏障。
别总想着炮击。到头来被射中的却是自己。

我和你患有同样的病。
不知哪一天，喷雾器也会随你而去。
那一天，我是否会对你唱出《何日君再来》？

君是那轮代表心的月亮。
君是那缕炊烟。
君，是那座不知被谁真正潜入的小城。

不见了"水深火热"。
你那片岛，原来这么柔软。
你有与我一样的欲望。
你啊你——永远的邓丽君！……

谁堵塞了生活，谁就负债！

——深南大道与行路人的问答

深南大道是深圳市内最有名的一条大道。

深南大道，崭新的深南大道：
你是不是来自历史的底层？

我来自一位老人宏图中的决策。
来自涉过深水时的一个指点。

作者在深圳街头接受电视采访

我来自突破。

来自东经 114、北纬 22 的南海之滨。

我来自跨越。

来自深巷里的那群犬吠和桑树巅的那些鸡鸣。

我来自大鹏营参将赖恩抗争时的一声呐喊。

我把结束荒凉和漆黑，作为自己的使命。

于是，我营造的何止是一片"锦绣中华"。

我打开的何止是一扇"世界之窗"。

我喧闹的何止是一座欢乐谷。

我兴建的何止是一个"民俗文化村"……

刘晓庆在我的海报里眨着眼睛。

我在预定马季、姜昆相声里的流行语。

我在贺词里唱着"难忘今宵"。

我所有的眼睛，都在连续直播着电视晚会。

又一串音符，流出了我无数的粉唇……

深南大道，开阔的深南大道：
你怎么让专家的建议，有序穿行在大森林之中？
你怎么把一条更加妖娆的香榭丽舍大街，送给了每一个快门？
你怎么让畅通忘记了拥挤，从此不觉得有车辆的紧逼？

因为我懂得：
谁堵塞了生活，谁就负债于行路人！
我不满足年轻的奇迹。我只知道慷慨地给予。
我有博大的胸怀，没有多余的皱纹。
不断行进的美丽，撩动着我求新求变的眼神。
我的"大哥大"里没有夜。
都把明天的阳光当作了车灯。
我甜蜜的计划纷纷上车，并且盘算着路程。

我的嗓音不再那么高，脸不再那么严肃，一路轻悠悠的歌。
扫除了旧和单调。
时髦，被新的时髦淘汰。
我车窗的两侧的街，都涂上了一层红晕。
我本身就是一道活力四射的目光，翻阅了一部饱蘸辛酸的文稿。
构思的风也显得特别轻盈。

我，是春天的故事里的又一个章节。
我，是不断开拓的幸运。
我，没有结尾！
只会无限地延伸、延伸……

上海：一张增值的股票

——题邓小平 1986 年的一张照片

（资料）

邓小平在 1986 年 11 月 14 日会见纽约证交所董事长约翰·范尔霖。范尔霖向邓小平赠送了纽约证券交易所的证章，邓小平回赠给他一张上海最早发行的"小飞乐"股票。

1990 年 12 月 19 日，上海证券交易所开业。当天成交额是494311 元。

一丝不苟

摄影：徐章成

你，不知被递过多少次。
谁也没留下手指的痕迹。
此刻：刻有面值的你，向异国微笑。
"华尔街大亨"有种种解释。

也许，你刚离开"研讨会"森严的桌椅。
也许，你才飘出估价纷飞的战局。
也许，你还浮动着南京西路那爿小理发店改造的动向。
一个在特殊时期、用特殊方式诞生的特殊市场，
云集着不同的你。

很难将厚实的形象，与薄薄的你连在一起。
简朴的一生，不喜欢与你单线联系。
慷慨解囊的往往不称霸，勤俭不一定就省略诗意。

你没有忘记：
破罐里只剩下被汗水浸透、被磨损得几乎绽裂的一分纸币。
荒地，就是长不出一角行情。

富于创造的智慧，怎样被你邀请入席？
暴发户，难道就倘佯在奢侈里？

就这样：
新一轮争议，围绕着有广阔背景的交易。
这里所有的紧张，都对着屏幕。
即使在填委托单，也不时瞅着你。
时而宁静，时而喧哗，唯一掌控的是看得见、摸不着的你。

秒中有秒。可买可卖的你时刻在闪烁。
《子夜》里的赵伯韬、吴荪甫、冯云卿：
有的喜，有的愁——
刚刚尝到了最新鲜的荔枝，瞬间又跌进了冰窟。

高谈阔论着你，沉思默想着你：
都在怪悠然显示的你，怪令人目瞪口呆的你；

作者主办的塘桥"中国当代政治抒情诗高峰论坛"邀请函

交易大厅（资料）

怪你不容人迟钝的选择，怪你阴差阳错的遗憾。
是非，会不会烟消云散？
莫名其妙的谣言，也在趁机。

大户笃悠悠坐着，敲打着，梦想着，索取着你。
散户们挤在大厅，每一笔先付出大汗淋漓。
机会常有也常无，浮躁越演越烈。
仓忙出逃又见全线飘红的老太，斤斤计较着你。

新贵族和新囚犯，都有可能在你这扇门内产生。
进入这扇门的第一条规则是必须"玩"自己！
这扇门，隐退到每张桌上了。
挪用了不属于自己的积蓄，迟早会被你"清仓"！

肮脏的交易和梦呓，左也不是、右也不是。
尽管床上铺得全是成捆、成捆的你。
谁窝藏，谁就抵押了自己！
谁贿赂，谁就不再有吉利！

精心选择你吧，
心会不会也变成了你？
那些起飞的心意，有没有挪来的费用？
你，会让来路不正的心，永世不得安息！

对于侵吞，对于豪赌，你时刻带着警示。
只有切合自己的体温，你才躺得安稳。
你，至今还挂着一张时代的心电图。

上市的实力在较量。
底气不足的，才害怕你。
挡不住逆风的，才担心你。
怕被你"套"住的往往是虚弱。

你是一段发展史；
多少次被捏在手里、放入裤袋里、藏进皮夹子里。
你，是一条谁也猜不透的谜。
不用羞涩，也不要炫耀；
强大，会揭开你红绸后面的神秘……

陆家嘴的一把旧椅
——写在"浦东开发办公室"

1990年5月3日，浦东大道141号，"浦东开发办公室"挂牌。办公楼下层是仓库和浴室，阴暗、潮湿，被一块门板挡住。朱镕基指着过道说："不要挡住，要让人看一看，浦东开发是在什么样的基础上开始的。"

有些人习惯于审椅子。
从来没有想过：
这把银杏树下的旧椅子，也会审自己！

就是这把旧椅　摄影：桂兴华

这一把被一根麻绳绷紧的旧椅子，传达室里的木椅子，
撂在路边，
也许也没有人捡起。

但今天的事，很多、很多年前的事，
都被你默默见证。
谁害怕你见证，谁就坐不稳！

你第一个接待了株式会社社长。
你听过许多商行，也见过无数大师。
艰辛来坐过，漂亮来坐过，
坐过的脸换了一茬又一茬。

继你以后，才有了这么多把交椅。
有了下榻的软席，有了闪亮的版面。

世纪大道远望　摄影：吕劲

作者 2010 年在浦东大道 141 号采访

但你怀念着东墙内彻夜的灯光：
那张旧草席，那件军大衣。
那条旧板凳。那只搪瓷碗。
处长们只有办公桌中间那么一个小抽屉。

你只怕摆出一副虚假的姿势。
你在这里，仅仅为了传达一种坐姿。
与身后那排书报架一起，
向推销各种椅子的商厦传达。

简易，往往深刻。
你还是在兜售前面坐稳了。
不属于哪家公司。

不知道哪一天，
你爷爷一样的皱纹，
会搬到陈列馆。
坐惯了各种皮椅、配上了自动按摩仪的人们，
还会再去坐一坐吗？

浦东：虽然晚了一点

——写在邓小平题字的南浦大桥

伟人也是一座大桥
（资料）

邓小平 1991 年 2 月 18 日来到南浦大桥，执意在风雨中下车，并为大桥题字。"浦"字上面那一点，小平给点到"一"的下面了，他女儿提醒说，这一点应该点到上面。小平说，没有错，这一点是点晚了。

是的，是"晚了一点"。
与机会的紧握"晚了一点"。
著名的财富们，"晚了一点"矗立在落满大珠、小珠的名片上。
晚了一点：录取的通知。
晚了一点：映红前途的期望！

但时代，毕竟还是看上了我们。
终于让我们突破了比江面更宽的阻挡。
造一座——斜拉起一道道支撑的通天桥梁！

赶上来的楼，以更强的坚挺，
赶上来的街，以更长的宽畅，
又一阵好风，迅速拥抱了一个大步赶上来的考场！

曾经有过那么多污染的困惑，
曾经有过啊那么多狭窄的冲突。
棚户和危房的焦虑就像排不走的暴雨，
噪声与废气的堵塞又有一次次泄不完的喧嚷。
外套越来越陈旧，眼界越来越狭小……

终于，让不同肤色的骄傲在平缓的黄浦江里不断猛涨！
到处都是桥。
没有桥的地方都架起了金桥。
这一次开发虽然已经迟到，但起点可以更高！

是的，就晚了那么一点。
晚了一点，就更有危机感。
正因为晚了一点；

东方的华尔街在阳光的又一张请柬里更加焦急，
让不甘心的诗更快，更高地飞翔！

正因为晚了一点；
风才赶快起跑，掀开了当代中国新闻中极其重要的词，
一个个更加自由，更加迅猛，更加坚强！
每一寸土地开始成为黄金中的黄金啊，
一万个镜头也不够用，色彩在新的《清明上河图》里更加明朗。

不晚：121 层大厦开挖基坑的工人。
不晚：接受指令就炒出蔬菜的机器人保姆。
不晚：新时代的封面里递来了一壶新泡的绿茶。

不晚：同时在空中、地下延伸的微信里的搭档……

不晚：错落有致的灯柱，相约着友情频频地举杯！
不晚：中心绿地上的碧草，沐浴着无限明媚的阳光！
不晚：微笑的艺术之神，拥抱着昨夜有层次的沉醉；
不晚：滨江公园与外滩对话，畅饮着越来越近的春江！

当代的大趋势早已像"世界杯"足球赛
在你的荧屏里发出了警告！
现代化的进程从欧美、从亚洲、从世界各国
又一次踢进了你的惊叹与思考
你和我们的解说员有着同一声火辣辣的呼叫！

中国被丢失的比分实在太多太多！
绿茵场上的一股股旋风
把多少球迷心底的遗憾反复拌搅！
连连地把门射偏！连连地把机会漏掉！
多少年了没有进入复赛圈比较
距决赛的资格更不是几步之遥
而世纪风送来的场次又实在太少、太少！

面对着时间这位无情的裁判
被竞争绷紧了思维的你
怎能不把一支又一支香烟悄悄点着？
就连你的桥牌桌也有竞技场的风波浩淼

你习惯在第一线上手执着中国这张牌
不喜欢在争论中彷徨！
你得仅仅印着劳动力的入场券
让位给勇冒风险的智商！

你应该放心了！
林立的脚手架矗立在新的领导核心中间
舒心的话题啊
在手机的一条条快讯里激荡！

还是同一枚船锚，
信誉打开了跨国贸易中的心扉……
还是同一个码头，
商机聚集在滨江银楼下，飘着清香的；
谁没有想象，谁就不可能在这里铿锵！
这里，属于嘹亮！
不同颜色的旗，嗲也要嗲得让人鼓掌……

把两岸的风光，都收入郁郁葱葱的手机吧！

目不转睛的一瞬，也许让见识长高几千、几万倍！
东方明珠塔是一把最神奇的尺，把回忆重新衡量。

我们对世界的视察，都在被梦提速！
一分只有五十九秒，那一秒就是为了策划下一分钟！
读着最新的新闻时报，又成为那根急切而又从容的秒针。
嚓嚓嚓、嚓嚓嚓写着一份中国宣言，时刻都在积累力量！

进口不晚了，出口也不晚。
渴望被新的渴望代替，兴奋会被新的兴奋点亮。
我们的人生键盘被无数次敲击，
心不知被谁遥控着，解开一处处密集的精良。
我们每个人的人生，不正被开发得多么富有、多么欢畅！

即使在一年中的第五、第六个季节，
也恨不能把所有的夜晚都变成橙色的黎明，
不断挺进的浦东——
在春天的故事里决不退让！

小平同志题字的南浦大桥　摄影：苏贻鸣

香港啊，日思夜想的香港

——写在深圳皇岗口岸邓小平远眺处

晚年邓小平在深圳眺望香港（资料）

1992 年 1 月 19 日，邓小平在深圳皇岗口岸，一动不动地凝视着香港，足有八九分钟。

1992 年刚刚在挂历上露出温和的笑脸
巡视南方的一路风尘已经披在你的双肩
春的手指，梳理着你倔强的头发
殷勤的晨光，把你的皮鞋刷得雪亮
你身边的柳芽啊绽放出绵绵新意
你飘起的衣角牵动起江鸟翩翩……

紧接着出发的出发，伫立在激动的深圳河畔
美国《时代》杂志的那一期封面
英国《金融时报》推选的那一位"风云人物"
期望着早已进入倒计时的紫荆花快快初绽！
日思夜想的香港啊一片越来越近的七色梦幻……

你总觉得自己还在追随青春，登攀楼的峰峦！
维多利亚港的碧水，溶入了他荡漾的视线
你的关切贴紧了这张永远不变的黄色的脸
那擦干泪水的盛典，正在把全球所有的频道再一次吸引！
你身后的黄河和长江啊早已鼓起了香江的风帆！

港股久埋的向往，一瞬间飘升起阵阵狂欢
世界蜂拥的预约纷纷跨入了丽晶酒店、香格里拉酒店、新世纪酒店……
这里的一道道纪念全是呼应你的门槛
日思夜想的香港啊一片越来越近的七色梦幻……

有所失落的撒切尔夫人，曾在北京的大门口深深感叹：
这位在联合国阐述战略的大政治家，一下解开了乱麻一团
一座小岛被中南海的浪花拍打出万语千言
一段飘泊终于翻过一页，一枚苦果终于流出了甘甜

那一天：那把镰刀，将把曾经流失的芳香收进胸间
你说过：哪怕坐着轮椅，也要到达罗湖桥的那一边！
即使停留一分钟，你也将对 7 月 1 日有更多的迷恋
这里的街将被雨水重洗，招牌的大森林将显得更加新鲜！
天安门广场已在准备怒放的礼花
日思夜想的香港啊一片越来越近的七色梦幻……

遮打道的一家家银行，将有同你一起兴奋的财团
铜锣湾的一排排橱窗，将有同你一样挺拔的展览
你将聆听红勘的新曲，你将挤进旺角的茶馆
中环的每一层商厦，将等待你选购小孙女的文具
尖沙咀的每一个码头，将等待由你牵引的渡船……

你，从来不把命运押在任何牌底
你确信比"六合彩"更有把握的，是对未来的主权和治权！
你允许快活谷依然快活，依然扬起一阵阵风烟
日思夜想的香港啊一片越来越近的七色梦幻……

你历来主张植下无穷的春光
植树节的含义就由他带头在黄土地上兑现
哪一棵新苗不生长着他的心愿？
你自己也是一棵植根在川东丘陵上的黄桷树啊
年轮里深刻着谁也拔不走的情感

你与太平山顶的紫荆花、阿里山下的槟榔树、卢园里的出水芙蓉
同属一个根啊
一个心愿只盼着在世界的森林里
有我们自己的茁壮！自己的旖旎！自己尽情的舒展！
日思夜想的香港啊一片越来越近的七色梦幻……

你的手机还在响
——写在任长霞追悼会上

2004 年 4 月 17 日，登封市 30 万各界群众自发赶来，想见公安局局长任长霞最后一面。

悼念任长霞（资料）

13838300009，怎么还是忙音？
你的手机难道还没关？这串号码就像"110"，登封人谁不熟知？

这 11 个数字就像你的 11 颗心，分别挂着案情灾情人情，还有不该
冷落的亲情。
可你一句"正在开会"，成了你最后的遗言。

正在上高一的儿子哭诉着。
你亲自接待的无数来访者，哭哑了嗓子。
被你收养的孤女、被你从绑匪手中救出的学生泪洒街面。

恶势力不敢露面。
想当初，一沓钱曾摸到你办公室。
身材娇小的你，一拍桌子，狮子般怒吼……

此刻：你的手机又响了。
手机的那头，是社会学，是关系网，还是阴郁的脸、暴烈的拳？
也许是那张暂住证那份申诉信，或者是那片混浊的眼神那盏粉色的灯。

还有许多安慰，还有许多确认，还有许多行动。
所以：你那件警服，还得天天参加晨练。

这天下已经变得越来越小、越来越薄、越来越繁杂了。
但毕竟越来越美了。就像这手机。
这手机——偏偏在侦破案件的途中遭受了车祸啊！
握住这手机——就是在这个时代，攥紧了你 40 岁全部的痛。

幸存的小手向红星致敬

——题汶川大地震中的一张照片

小郎铮，你只有几岁？
但你几乎被灾难活埋的经历，
苍老的历史都担当不起！

小郎铮在担架上向解
放军叔叔敬礼（资料）

正在成长的小郎铮（资料）

此刻，你的左手骨折了。
你挣脱死神的右手，
恭恭敬敬地向正在漫山遍野搜寻的解放军叔叔，
敬了一个队礼……

梁波罗在上海音乐厅朗诵这首诗

梁波罗与作者在上海书展上

你没有说话。
你稚嫩的手势，
却包含了一万声感激。
一举起，就催落了多少眼泪……

山坡下的一切难以预测。
不断震颤的地面上，
整天整夜闪烁的红五星，
比天上所有的星星都亮、都热的红五星，
从课本里走了下来，
从歌声里走了下来，
终于走到了你的跟前！

叔叔们：
在绝望的瓦砾里，
一听到你那声微弱的呼救，
就用双手，
把满脸是血的你，
一点、一点挖了出来，
轻轻抬起……

多少年以后，你也许也会成为
红五星中闪亮的一颗。
挺拔在军装里的你，
在危急中奋不顾身的你，
也会传递，
将最及时的温暖传递！

你也会，你也会——
被许多许多陌生的手
致意！
——2008.5.16 阅报后急就

当年，作者向地震灾区致哀
摄影：孙炼军

中国红了

——写给上海世博会中国馆

2009 年 5 月 25 日，中国馆外立面正式吊装"中国红"。

红了，红了，红了！
逆势飘红的中国馆，亮相在严冬里的世界经济走势图。
是的，担忧在媒体上狂泻。
遒劲的方块汉字，在空旷的工地上悄悄地长大。

作者在中国馆前与动迁居民合影

你已与千万个建筑工一起上路，就不能再抹去难得的温暖。
反弹的目的，就是积聚，积聚，再积聚！
一个国家就是一个股。你日夜盘算着一个个工棚的幸福指数。
你每一天的思路，都离不开许许多多地方的温度。

当大雪压痛了双肩，只有强势股，才能扛来一束又一束阳光。
你曾经也是弱势股，被扔在狭小的角落，被人轻视，甚至被人歧视。
但你确信：自己属于正在成长的强势股。
就像家乡的大山一样结实，从来就不怕狂风吹拂。

随着这条开工之路，春天的后面又来了春天。
"东方之冠"一旦建仓，就是又一个美丽的鸟巢。
场内外都在向你摇动花朵，这么多季节在一起开始——
渐渐红了，红了！红得让人不想离去……

作者在世博园区深入
采访多次，2010 年
又到上海世博会参观

佛山：只听见雷锋在说

——有感于小悦悦事件

2011 年 10 月 13 日，2 岁的小悦悦在佛山被两车碾压。
7 分钟内，18 名路人路过，但都视而不见，漠然而去。

我没想到还有那么多无形的雪。
风，也不总在春风荡漾的三月……那么多颗心，都急着赶路。
没有弯一下腰，抱一下血泊中的你——小悦悦！

也没有擦一下你，眼角最后的一滴泪。生命，是有限的！
而我那时候：正好去替老大娘浇地了，去给灾区寄存款了，
去为少先队讲故事了，去送迷路的大嫂回家了……
我在抚顺。
不清楚那两辆逃走的车，埋伏了多少生锈的螺丝钉？

也不明白那些匆匆的脚步，为何没有停？
不是所有的快，都有价值。
有时候恰恰需要慢，需要停！

孩子，你一定很冷。
我恨不能立刻用"傻子"特有的暖，把你裹紧，裹紧！
这么多年了。
直面那些冷漠、那些衰退；
那个时代的体温永远不会冷却！

我摸到了李白的那轮月亮

——"神舟七号"的报告

2008 年 9 月 27 日下午 4 点 41 分，中国"神舟七号"航天员翟志刚打开轨道舱向北京报告。

作者 2006 年 2 月在甘肃酒泉发射基地采访

我所有的战友和亲人们：
你们来自北京的声音，
就像特别温暖的目光，在一闪、一闪。
我似一只随风飘荡的风筝，被你们紧紧拉在了身边。
就在这远离地球的第三天，在这浩瀚的太空，
轨道舱成了白塔下的一艘游船，悠然在碧波中间。

公元的这一年、这一刻：
心，真真切切听到了你们的期盼。
我们跟在杨利伟、费俊龙、聂海胜的后面，
将在蔚蓝色的田野上，播种新的宣言。
我们是中国人民解放军飞行大队的普通一员，
也是脚踏实地的丈夫、与孩子聊得吞云吐雾的父亲，
更是共和国的使者，盘旋在彩云上面的彩云。
围绕着可爱的家乡，一圈又一圈。

你们看到我了吗？我那卖炒瓜子的老母亲！
你们看到我了吗？我那闪着泪花的龙江县！
你们看到我了吗？苦苦培育了我的酒泉发射场。
你们看到我了吗？规划着我进程的中南海的明灯一盏。

我太熟悉了，基地上的扑面寒风，连天白草的戈壁滩。
最难忘："问天阁"出征前的那一晚。
我在想：妩媚的红柳为何专门与寒风交战？
我在想：挺拔的白杨为何组成了强大的兵团？
我在想：一排排万年不枯的胡杨为何有英雄虎胆？
我在想啊：一蓬蓬沉默的骆驼草为何没有半句怨言？

这就是在曾经勒紧裤带的塞外，这就是在由军魂主宰的雪原。
准备了几亿个一秒，就是为了确保这一秒的激情点燃。
我，终于摸到了李白的那轮月亮。
王维的那片夕阳，就像小鸟近在眼前。

作者在酒泉与胡杨合影

我问同一个宇宙的居民，是否在为换发身份证拍照留念？
我问擦肩而过的晨星，可察觉到了我夜不能寐的眷念？

多少新的光荣都在突飞猛进，
龙的传人怎能只是划划龙船？
测量我吧，测量我吧！好战士就要占领另一片"天高云淡"。
我手中的这面五星红旗，已经代表了你们所有的尊严。
我跨向太空的这一步，绽开了你们的一张张笑脸啊，
又向月球，带去了你们无限的企盼……

三、梦境中： 征途更加紧迫

中国梦的手臂

是锐不可挡的时针和分针

必将把一层层浓雾驱散

世界的表情

将随着我们新的长征

改变

奋然一跃 摄影：石峰

我注册：诗的黄浦江
——写在中国（上海）自由贸易试验区综合服务大厅

如江水——
争先沿着巨峰路、东靖路、五洲大道、洲海路、保税区南站、北站架起的桥梁。
我，终于挤进一个中心、一排前沿、一座制高点、一片更加广阔的市场。
等待着叫号，等待着长长的预约，等待着合伙的正能量。
我准备注册：一条还有些胆怯的诗的黄浦江。

上海地铁世纪大道站　摄影：李君俊

我的身份，写在与别人不同的火车票上。
扬着炊烟、呢喃着方言的家，已隐在看不见的远方。
思念，也已与我嗷嗷待哺的孩子一起，
变成了不得不放下的行装。

青春的试验区啊，问我这朵浪花的名字。
我：站起来是又一座"东方明珠"，坐下来是又一个硅谷的仪仗。
敞开来是又一片香榭丽舍，卧下来是又一条甲级的黄浦江！
我不复述痛心的挫折，也不必互赞粗犷。
流泪的只有弱者，地铁 6 号线的这一站只选择坚强！

奔腾的上海，不问我来自何方。
我也许来自习惯迟缓的盆地，也许来自有些夸张的高原。
也许来自一堆不知名的成年累月都是冬季的山岗……
奔是正常，不奔才显得空有强壮。

当我涌进这观光的隧道、飞速的轻轨，谁不感叹这移动的画廊？
来自全世界的一头乌发，已经构成永远的豪放。
不断更新的数字，正在道出大屏幕上登记的走向。
我即将赴约的下一秒，会切割出难以评估的气象。
对于我递上的学历，2014 这位姑娘并没有一点夸奖。
只是希望我：融入一层层机会链接的浪。

上海地铁即景 摄影：桂兴华

地铁车厢一瞥：分秒必争的小伙子　摄影：桂兴华

我登记的航程，正等待命名。
我是被前人点亮的一盏灯火，怎样成为献给后代的一簇辉煌？
我的前面是乔布斯，是联想。
周围不愿赶的，我敢赶。同行能赶的，我要赶得更加漂亮！
过去不敢赶的，我现在也要赶上！

忙于寻找这条免税的基隆路，短讯也披着网上的袅袅月光。
远离了依赖，什么都得靠自己一路闯荡。
有时候真想找人诉说，但找来找去最终只能与自己商量。
微信里的每一个字，都是爱在轻轻呼叫，
叫得我泪水悄悄流淌。

此刻，我能不能像由弱变强的妻子，
生出无数双手，掌控着提包里的快讯和影像。
深知未来何时该换尿布，该添何种营养，
公司广告该闪什么颜色，小区喷水池的笑声该怎么怒放……

作者坐地铁到上海自贸区采访

是的，时间之树会把我抖落成一枚毫不起眼的枯叶。
但此刻，我最重要的舒展，
多么想让下一个春天来这里探望：
看一看娇艳的新城有多么悠长，
街头畅销杂志的封面，怎么有了我憨厚的形象？

亲爱的自贸区啊，请不必记住我的姓名。
也不要把鲜花献给我，更不要用镜头对着我泥土色的小村庄。
千千万万个我，只感谢窗外的每一缕风都来自一个突破口。
每一片涛声，都凝聚着时间并不陌生的目光……

打桩！打桩！为了梦想打桩！
——写给打工者

不是受谁的派遣
而是自己涌向历史挑选的手指！
一支默默无闻的创业队伍
埋下了无所不在的影子！

我们趁着时代的大趋势
向下啊向下
聚拢在一个极其温暖的氛围里！
大厦越高
我们就埋得越深！

上海迪士尼工地（资料）

我们向下啊继续向下
才架起了一个俯瞰八方的战略高地！
打桩！打桩！打桩！

就是我们
把一幢幢高楼猛然托起！
离开了我们
这里就是一块空洞的平地！

不管是高雅的幕墙
还是空中的长廊
谁想崛起
谁就得依靠坚实的我们！
谁想引人注目
谁就得与看不见的我们连成一体！

我们自信——
自己是所有美丽的底色！
我们饱满——
胜过一切夸张的果实！
在不约而同的扎根中
有的成长为四季鲜艳的花朵
有的凝固成不会衰老的叶子
打桩！打桩！打桩！

辚辚车队在我们上面鸣笛
滔滔江水在我们上面逶迤
歌舞声声常常飘到我们的耳际
笑语阵阵让我们品尝到了甜蜜
但我们还是——
不留身影地布阵在这里，坚守在这里！
就是为了有一个辉煌的开始！

正因为有一个光荣的名字
我们才敢于披着风雨
正因为揣着不一般的经历
我们才屡屡战胜了危机
曾经被泪水洗过了一次次
我们才习惯了
在旁人看不见的地方沉思
打桩！打桩！打桩！

为了撑起这片晴空啊
我们唯忍耐力是举！
唯凝聚力是举！
唯创造力是举！

不留姓名的打工者　摄影：张湘

我们是幸运的
最终被选择在这里！
我们是突出的
终于能挺立在这里！
我们又是自豪的
终于能献身在这里！

只有使能者上、平者让、庸者哭
才能瓦解一道道难题！
流汗的我们
改变了忧郁的脸色
隐退的我们
拥有了美好的记忆！
朴素的我们啊
时时刻刻溢出了诗意！

真正的黄金
不怕埋没自己
抹不去的业绩啊
就是由千千万万个沉默的我们垒起！
有我们作根基
有一种梦想作为我们的根基
中国的大厦
怎能不和历史一起巍然屹立？
打桩！打桩！！打桩！！！

著名节目主持人叶惠贤
在采访作者

前面，正在施工
——写在驰向浦东迪士尼土地的路上

著名节目主持人赵屹鸥
在朗诵这首诗

前面，正在施工。

没想到：
一队队午夜的出租车，肩膀还连着肩膀。
一会儿往这边拐，一会儿往那边转。
但车轮，毕竟在动！

大都市的眼睛，到处在一闪、一闪。
迪士尼的心睡不着啊。
川沙河镇的路边，怎么又添了新的内容——
也许是一大片草地，嫩得让人拔不动脚跟；
也许辟开了人工湖，等待着冲天的焰火；
也许沿线有无数的珠宝，串在一条条项链上。

作者率朗诵团到
迪士尼工地采访

旧墙即将消逝　摄影：桂兴华

前面，正在施工！

一切，为了给不该阻扰的脚步亮起绿灯。
灯下，展开了又一个早晨。
所有连着空中小火车的线路啊，
都和无数条微信、资讯一起奔腾！

每一个路口，每一站换乘，
绿色的手旗都将哗啦啦地举起来！举起来！
明天的进出口啊，
都前呼后拥着米老鼠的童话，
在孙悟空的手势里，在小熊猫的表现中

前面，正在施工！

作者与动迁居民合影

新书架里的旧瓦片
——动迁日记

它不稳定，心里就会掀起风暴。
人的一生，也许就是为了获得：
这一片实实在在的瓦！

这片瓦是老父亲弓下的脊背，
是危棚最后的贫困。
是岁月留下的另一种记录。

此刻，早已逝去的一夜夜风声雨声，
竟然与一本本身披盛装的新书并列。
许多记忆的翅膀就在这上面起飞，
又在这上面降临。

就是这些白莲泾的旧瓦片，触
发了我的灵感 摄影：桂兴华

旧瓦片的主人在朗诵这首诗　摄影：小多彩

主人真有心计，将它这位待遇最低的打工者，
从电视连续剧里请了下来，
让客人们经常打开来细细解读——

想想悲凉的从前，好像天天在下雪。
起风了，下雨了，总担心它会突然不明不白地坠落。
而它习惯了忍受，习惯了被雨点毫无理由的敲打。
伏在缺草少树的第一线，扩展着家可怜的面积。

今天，一辈子都穿着深灰色外衣的它，
只是面积中的点缀了。
它稳稳地坐着，
跟各种客厅、大堂、会所、交易馆打招呼。

它在对比，它更在提醒所有的眼睛：
不能仅仅关心这一片——
积过厚厚霜雪的瓦……

春雨淅淅沥沥、淅淅沥沥

——写在高科技园区

一大片、一大片干旱的反义词
猛然从厚重的词典里翻出！
所有的等待因你而激情洋溢
所有的颜色因你而充满活力！
春雨淅淅沥沥、淅淅沥沥，洒向翘首以盼的土地！

曾经有过多么干涸的年代啊
数字只能累计飞沙走石
心田更加龟裂、更加忧郁
多亏有了一次最酣畅的雨，把陈旧的观念一一清洗！

有了你，才有了那么湿润的空气！
有了你，才有了如此蓬勃的诗意！
再多的数据，请跳吧！频繁的指令，请下吧！
好大一片空白急需填上——每秒几十万次、每秒几亿次的信息！

来吧，一辆辆汽车！在平台上尽情奔驰！
该变型的早变型，能受压的正受压
每一秒钟都省下曲折，祖国正需要这样的数字！

来吧，几十万个药物分子！在平台上反复筛洗！
康复啊有无数的新药需要研制
显示屏知道哪些分子最能抵抗敏感的病体！

生机盎然　摄影：魏立桦

来吧，飞机设计师！
更广阔的大气流动在我们这里！我们就是长空！
来吧，航空母舰的设计师！
水与空气分子的奔涌在我们这里！我们就是海底！

来吧，石油勘测队！
更精彩的地质构造图也在我们这里！我们就是油田！
来吧，破译生命的专家！
千变万化的基因图谱又在我们这里！我们有一个个似曾相识的你！

创业的海平线，气温十分适宜，温度正合心意
春雨啊春雨你何时下、何时洒？将降多少毫米？
神威的预报都测试得非常精密

春雨啊春雨你一穿过幽深的长廊
就被千万个杜甫的子孙在清晨歌唱，在深夜吟诗
春雨啊春雨你一突破漆黑的夜幕
就痛痛快快带给我们从未有过的甜蜜……

数字就是春雨
每片小区、每个家庭、每颗心灵，都在宽带网中抓紧吮吸
我们就是春雨
默默地飘洒出一个清清爽爽的新天地！
春雨淅淅沥沥，淅淅沥沥……

山沟里的上海老师

——赴西部扶贫志愿者和孩子们的对话

志愿者：
孩子们
上完了最后一节课
我真不忍心走啊！
短暂的一年春秋
使我将离开这面黄肌瘦的山沟
面对这黑洞洞的教室
面对着你们充满期望的双眸
我真舍不得走！

孩子们：
老师，我们也舍不得你走！
记得你刚来的那一夜
我们曾各自换上难得的新衣，穿上珍贵的新鞋
偷偷地打着手电筒一起来到你的床头
在你的面前来来回回地转悠
我们想看看大上海到底是怎样的刚中有柔？
我们想看看老师
你有双怎么样的手
能打开我们封闭已久的窗口？

志愿者：
当你们的口袋常年没有一块硬币
当你们的午餐仅仅是嚼几粒胡豆

当你们的手中还握着过短、过短的铅笔头
当你们对着我又一次咬着很脏、很脏的手指头
那浓浓的忧愁
就像乌云密布在我的心头
即使啊将很远、很远的小卖部全部送给你们
你们还是有太多的没有
多少个十万八千里隔开了上海与穷山沟
在我们的不夜城里果园就在街头
富裕在灯的海洋里享受
而在你们这里
灶间的小锅还煮着急待改变的单调
家里的木盆还洗着不该留下的污垢
一个又一个陌生的字令你们捉摸不透
我们的一幢幢高楼
真应该为你们更多地献出一份爱心
更久地伸出援助的双手！

坝上秋色　摄影：唐卫

孩子们：
老师
我们实在对不住你！
因为这里的设备实在令人摇头
教室内外除了简单就是破陋
连刻印试题的纸都长期没有
爱人寄给你的信也被久久地漂流
活生生把一个大世界挡在了山沟的背后
就连你的父亲去世的时候
也没来得及听一听他最后的问候……

志愿者：
我离开能与白云对话的写字楼
就是为开辟一条伸向你们的路寻找着跋涉的理由
多少个深夜和白昼
你们的勤劳改变了我的嫩白
你们的热情点燃了我的双眸

我庆幸自己来到了这扇门口
让我来当你们桌前的一盏灯吧
让我来当你们床边的一叠书
让我来当你们包里的一条橡皮吧擦去昨天
让我来当你们家中的黑板啊画出追求

我想让越来越多的智慧配备你们的淳厚
让越来越红火的日子成为你们梦的导游
去游石库门里的新天地
去逛南京路上的步行街
你们想去的地方我都陪你们去游
一切为了你们快乐
你们快乐，我们就像饮到了舒心的酒
明天，就将有许许多多老师
带着许许多多你们想读的书，亲自送到你们的双手
放心吧孩子们！

孩子们：
老师啊老师，让我们送你走吧！
我们的泪一行是惜别，一行是挽留
我们将天天想着你的笑容、你的歌喉
想起你捧起我们稚嫩的脸颊
哪一次不是像妈妈的泪在暗暗地流？

此刻，我们忍不住追着你的汽车
漫山遍野地向你招手，向你招手！
你捐给我们的那台手风琴正在晨风中轻轻弹奏
那曲"让我们荡起双桨"正划出一朵朵浪花在眼前停留
乐曲也和我们一起伸出了手
想紧紧拉住老师的衣袖！
上海老师：让我们多看你一眼吧！
上海老师：你什么时候再来到我们山沟……

劲舞 摄影：丁宁

与美丽干杯！
——写给青年朋友

仿佛很多年前
就约定了这个金色的时辰
当四面八方涌向同一份邀请
所有的旋律都为我们储存

问候与问候在这里紧紧握手
握出了款款深情！
笑声和笑声在这里争先报道
推出了浪花千层！

也许，今夜的美景早已凸现
那么朋友们，请举起杯来！

新天地

摄影：金文龙

举杯！为我们香飘天下的青春！
为了中国梦，正发出令人陶醉的温馨……

多好啊！屋后的幢幢高楼
金星任诗意来回纵横！
多好啊！窗前的条条大街
色彩比画卷更加缤纷！

夜不再是夜，成了第二个早晨
计划在又一次挑选衣裙
霓虹的眼前，朴素与艳丽比赛
彩灯的身边，愉快排成了嘉宾

让我们一起向祖国祝酒
献上盛开的鲜花一蓬蓬
让我们一起向节日致敬啊
送上诚挚的问候一声声……

奋勇向前！摄影：徐章成

作者在大片大片的春色里依依不舍

高举杯，杯里盛不下变幻的灯影
高举杯，杯里溢出的是滚滚豪情！
颓废者：彷徨在十字街头
平庸者：满足于蝇头小利
浪荡鬼那，沉湎于一掷千金的输赢
只有我们，有令前辈频频赞许的风韵！

即使突然爆发十二级地震
即使在零下二十度的冬夜
真诚也能溶解无情
这季节无论你怎么顺叙、倒叙、插叙
春天将伴着每一朵花蕊如期来临！
即使是被践踏过的一棵小草

也会骄傲地挺直腰身！

高举杯，杯莫停！
高举杯，觅知音！
沉默不是我们的秉性
歌手也许悄然无声
回响在梦中的哪一个不是万众喧腾？
心中的锣鼓啊多么想敲得及时、敲得动听
敲得让历史的回音壁刻骨铭心！

真正的鼓手从哪里找寻？
有怨气也不要紧闭双唇
失误了，友谊给你指点迷津
疲劳了，让我们进入另一片风景
焦躁了，让我们品尝放松后的清新……

高举杯，杯莫停！
高举杯，请尽兴！
明星们哪一个不哭笑鲜明？
无数个我都渴望成功！
祈盼别人成功，自己才会得到美的回赠！

隐蔽的对手越来越多
稍一落后就会辜负掌声
最难战胜的对手啊
恰恰是自己的惰性！

只有不断地挑战梦境
才会有新的记录诞生
智力是汗水，情感也是汗水
合作才能浇出悄悄破土的坚韧！

花的留影　摄影：吴爱雯

高举杯，杯莫停！
高举杯，笑盈盈！
何必把青春锁在双眉，让白发又多了一根
朝气永远属于进取的人！

好奇是探索的动力
让我们去丈量大地吧
廉价的贝壳在沙滩上俯首可拾
珍珠却要到海底反复探寻

想一想小小的雨滴
为传递花讯，甘于为田野献身
想一想不屈的新叶怎么顶破巨石

渴望成功　摄影：丁宁

顽强的生命无不在最后半口气之前
还想畅快地呼吸鲜嫩的晨昏！

高举杯，杯莫停！
高举杯，唱青春！
踏实的音符啊
撒落在一个又一个两万五千里长征！

翻阅当年的日记仅仅像几片浮萍
只有在风雨中才明白什么是航程
彼岸，总比想象更加迷人！
中国梦，比任何一束迎春花更加火爆！
中国梦啊，比任何一串柳叶更加旺盛……

喝吧，朋友！在这红酒飘香的时分
喝吧，朋友！在这金曲荡漾的大厅
我们结实，中国就体格健壮！
我们丰满，中国就风姿绰约！
我们朝气蓬勃啊中国就满面春风！

看！亲爱的李白先生已经赶来助兴
他将和我们一起
将浓郁的月色一饮而尽！
朋友们请把今夜
当作一生中最狂欢的一次吧！
让我们心心相碰
碰出难舍难分的中国梦……

大学生来塘桥学习"码头号子"　　摄影：罗建川

一肩搬来入海口

——写在塘桥"码头号子展览馆"

"上海港码头号子"被列入国家非物质文化遗产。

吆嚇哩、吆嚇啰、吆嗨嗨、吆嗨嗨……
你们已经老了
操着习惯的方言，停泊在自己的海港
很早，很早以前
你们就成了历史留下的曲折诗行
你们一打开昏暗的船舱
就惊叹一种宽广，扛起了一种力量……

聂耳曾在你们中间练习
贫穷更觉得黑夜漫长
多少包水泥和乌云压在肩上

冰雪里多少次一队队晃
暴雨中多少次一船船上！
一声号子喊啊
传奇与成吨的汗水一起流淌
草鞋下的"老虎口"在一步步退让！

如今，记忆已经老了
牙掉了几颗，背驼了几年
童年充饥的是那碗飘着老叶的清汤啊
天天驱寒的是那块乳腐拌着的凄凉
咳嗽连着咳嗽，补丁叠着补丁
一吨煤，八箩筐，两人跟跄一起扛！
今天，你们只夸奖从不疲软的肩膀
不述说自己的生命也许悲壮
这就是黝黑的你们随白发一起增长的顽强！

见证沧桑　摄影：汪卫杰

作者在塘桥采访"码头号子"传承者　摄影：罗建川

你们不老！
今天不是在忆苦思甜的报告会上
回忆硬是来伴奏你们的朗朗清唱
一尊尊"老码头"的影像
六十多岁的原生态血气方刚！
不再抬上毛竹的杠棒
飘下的红绸带却比霞光更加漂亮！
不再诉说当年的困苦
而是来抒发——
1843 年开埠以来上海的新风向！

你们不老！
你们搬运过盛唐，搬运过晚宋
一肩搬过来吴淞入海口
才形成如此汹涌的黄浦江！
搭肩号子里的上海港是起点
挑担号子里的上海港是守望
杠棒号子里的上海港是幻境

堆装号子里的上海港是长堤
起重号子里的上海港啊延伸着向往！
你们相信未来不会依靠手拉肩扛
用一江歌喉叫醒中国：快快起航！

多少流畅啊都汇拢在海港
多少强壮啊围绕着海港
大河上下都在向这里眺望
没有一处眼神不在注视这里的卸装！
中国在猛卸——
卸下所有的包袱！
中国在组装——
组装更加强大的理想！

吆嚇哩、吆嚇啰、吆嗨嗨、吆嗨嗨……

塘桥"码头号子"歌舞团　摄影：罗建川

倩影翩翩　摄影：小多彩

旗袍汹涌

——为时装表演队而写

夜的斗篷下，悠悠然，悠悠然走来了。
又一次汹涌的呼吸。
又一阵好风，让旗帜唱起了不同的歌。

好一股温柔，领跑着上海。
一次真实的闪耀，胜过了一百个形容！
月夜的怡静，就像淡定的你。
中国的又一轮沉醉的月亮，难以触摸。

藏着一段女人的秘密。
像春水，默默涌动着一种大智慧。

一件件在闪烁。一个个在散发。

该突出的是山，该陷下的是水。
将花样年华最典雅的一段，浓缩在让女人更女人的线条里了。
千分之一秒，显示出难以磨灭的香。

从春秋战国，从紧窄合体的清代，从八十年前的上海滩，
刚枕着滔滔的钟声，又怀着巍巍的山脉。
带着体温的历史，在优雅地表白。
这里：大漠，如哪个朝代的雪？
这里：杨柳，似何处江畔的烟？

你成了某一本线装书。成了某一行汉字。成了某一剂中药。
成了杜甫诗句里一群态浓意远的"丽人"。

"花样年华"旗袍队在上海书展表演　摄影：仉云华

周家渡演出现场　摄影：小多彩

成了一阕宋词。

永不停步的你不会凋谢，因为有另一种装备。
脸色不会苍白，步伐越走越靓。
爱如果瘫痪，还有什么精神！
有所虚度，不敢站到这里！
有所破陋，不该入列这里！

你是时间的读者，也是时间的作者。
街巷、阳光、草木、甚至空气，都夺人魂魄。
左肩闪着哪条胡同，右袖又甩出哪家闺房？
你敢于在下一刻就改变。
与老城厢、老银行、月份牌、《良友》一起，组成了大世界。

是手中的这把纸伞，使时光倒流到了少女。
一招一式，全像《雨巷》诗中的那株丁香。
伞下的每一步惆怅，都像一壶温和的酒。
特别妩媚的东方美，悄然引起了回声。

人生键盘不知被谁遥控，一迈步，就有撩人的风韵。
融入诗意的记忆，更加润滑。
恰似一朵漫游的云，被轻声细语包围。

这世界为何走得这么快？急匆匆在追逐。
你却声声慢。步步慢。
在慢中追求优秀，培养想象。

上海，不仅仅有甜甜的脸。不仅仅精明。
谁留着披肩的长发和一对灵感的翅膀，坐在黄包车上？
是张爱玲，是阮玲玉，还是章子怡？

虽然与青春的距离还隔了那么一层；
你只要有了中国故事，就能让世界忘记年龄！
一处处艳丽，正在翩翩招展，招展……

轻声细语　摄影：倪云华

你早，鲁迅故居

——写在上海山阴路大陆新村9号

艺术家刻划的鲁迅（资料）

你，比字里行间都在呐喊的"狂人日记"醒得更早
你，比一生过不了那道门槛的祥林嫂醒得更早
你，比紧抱着人血馒头的华老栓醒得更早
你，比瓜田里枕着香炉和烛台的闰土醒得更早！
你比咸亨酒店的曲尺形柜台醒得更早啊
你比鲁镇社戏里的锣鼓醒得更早！

包围你的风是那么寒
压迫你的夜是那么黑
在那些白天比黑夜更暗的日子里
你悲哀阿Q们无知的骄傲
痛惜孔乙己们扭曲的潦倒！

先生，已经在"铁屋子"忍受了无数伤害的先生
你那双中国现代文学史上最早觉醒的眼睛啊
已通过划动着双桨的乌篷船
穿过还在散发麦香的点点渔火
来到了上海那盏草绿色的台灯下
向着我们默默地远眺！

是的，当你摊开1918年4月的文稿
贬低和否定就将你紧紧围绕
而我们的祖国啊 庆幸在最黑暗的岁月里
有了你这颗开始洞察一切的民族头脑！

是的，你不仅仅是个斗士
你也有普通人真真切切的情操
你对许广平报以"轻柔而缓缓的紧握"
你还在为小海婴的洗澡水调节温度的低、高……

你穿着那件心爱的毛背心啊
那颗中华民族最倔强的心脏

虽然曾经被窒息得连连喘气
但至今，至今还在书屋里砰砰砰、砰砰砰地直跳！

你还租住在上海大陆新村9号的楼房里
深夜还在给《申报》的《自由谈》写稿
你用各式各样的化名掩盖了那两个非凡的字
但仍然发出了令人警觉的"南腔北调"！

你与忽成"新鬼"的柔石、殷夫们一起呼啸
你与抗争在东北生死场上的肖军、肖红一起操劳！
你，与狱中奋笔的方志敏一起遥相思劳
你，与彻夜长谈的瞿秋白一起反复推敲……

先生啊，苦斗中前后受敌、只得横战的先生
戳破了黑名单
直面种种的诽谤和造谣
你那支出自"三味书屋"的最锋利的毛笔
至今，至今还在别人喝咖啡的功夫
举起一把解剖世态和自己灵魂的手术刀！

先生，你提倡的"新木刻运动"
印制间又留下了海外的彩虹几道？
那些在日本医专迎面的腥风冷雨
在你的译著中也许又激起了热泪横浇！

你亲自种植的紫荆花和夹竹桃
也向往着季节的温馨和美好
而无数个希望的征程
又始终牵动着你不眠的神经末梢

先生啊，你苦战的年代虽然已经死去
但是，你的朗朗笑声至今还是一点就着！

就像是蓬蓬勃勃的野草
满山遍野将春的足迹报告！

此刻，那些在枯井中昏昏沉沉的人们
习惯"精神胜利法"的人们
不知道失去了你就意味着什么？
你没有任何的炒作
也没有丝毫的喧闹
当春风又在你的墓前久久地祭扫
怀念的步伐总是显得有些迟到

先生啊，面对着你刻在那张课桌上的"早"字
面对着你——
吃进的是草、挤出的是奶的"孺子牛"的背影
未来的孩子们怎能不又一次大声呼喊：
你的生命只会增加，不会减少！

那面覆盖在棺木上的"民族魂"的大旗啊
怎能不又一次在风中大声呼喊：
先生，你早啊！
先生，你早！

作者在城楼上沉思

时间是早已睁大眼睛的检察官

——古城纪委书记的日记

古城没有倒，靠的是有远见的格局。
居民和四合院，一起被搬进了专家的论文。
这座新石器时代的古城，留下来了。

时间让那些衙门官舍，诗意和生意一起客满。
时间让节日的镜头，背景都是一个个博物馆。
歌唱家的家乡，在漆器、泥塑之间穿行。
出租自行车的少女，不知请谁在街上唱起时间之歌。

那么多"日升昌"警示的对联尽管贴了；
这么多晋商向往的红灯笼尽管挂了；
那些补偿款，还是倒入了拆迁办主任的私囊。

几代人还挤在时间中，穷是古宅的老邻居。
火柴厂早就瘫痪，女工们只能开发新的燃烧。

小巷口的摊主，大清早就和热腾腾的"牛油茶"一起另谋出路。

一批贪婪，蚕食了综合整治的资金。
他们的肩膀，远远比不上城门下宽宽的车辙。
他们的车轮，只为自己转动。
历代的那些阴谋，被他们暗藏的手脚演绎了。

城门没倒；
这些人却在中外游客进入古城的入口处，倒下了。
他们再贪；
也纳不了时间，偷不了时间，泡不了时间！

时间是早已睁大眼睛的检察官。
时间，终于来算账了！
时间，自有一本账。
时间，决不会饶过他们！

古城之晨　摄影：桂兴华

你，在排队中静静选择

——写在北京庆丰包子铺月坛店

2013 年 12 月 28 日中午 12 点多，习近平总书记到这里就餐。

你站到队尾，在排队中静静选择。
选择极其普通的这条街，店名就像个农村孩子。
这里没有任何颜色的酒，更没有什么王朝的品牌。
已有 60 多年历史的厨房间，布门帘还掀动着红红的延安。

顾客们在庆丰包子铺（资料）

作者在庆丰包子铺，展开贺敬之为本书的题字

你像挤进了社区食堂，在排队中静静选择。
大家都是寻求温暖的顾客。前面是邻居大妈，后面又像孩子的同学。
不同的脸色，都在按次序等待开票。
你也没什么"红光满面，神采奕奕"。
认出了实实在在的你，就随便用手机拍照、用微信发送。

你很随意，在排队中静静选择。
抬头望望前台：这里和你一样拒绝挥霍，也不可能挥霍。
猪肉大葱的，来二两。那碗炒肝，你也不知道捧起来喝。

点那盘芥菜，还是菠菜？配料都与老字号的京味相拌。
你掏钱与"万兴居"结账：二十一元。

你走了，仿佛还在排队中静静选择。
你坐过的桌椅却保存着，也许还标注了特别的日期。
多亏你那个座位没有划线，立上供人留念的记忆。
所有的草根都可以去伸展。
不就一张桌子，一条凳子嘛。
那段故事在说："位置是空的，最重要的是能不能吃上包子！"

你并没有走，还在排队中静静选择。
选择百姓的口味与连锁的价格。
不再饥饿的队伍，也在悄悄选择你——
你，能不能让大家吃到更美、更传统的包子？

你端出的一笼笼措施，是不是既有纯正的皮、又有精细的馅？
千家万户的汤匙和筷子，都在选择。
这可能是——最重要的选择。

汉字，在梦中笑醒

——写给民族复兴的那一天

红土地上一家小店的挂历

摄影：桂兴华

作者在参观上海世博会

那一天啊那一天
我们的汉字，在梦中笑醒！

那一天
你那一行字
是一根使四分之一的人类抬起头来的旗杆
招展起共和国又一个更加晴朗的早晨
你那一对字
是盘旋着云中巨龙的华表
显示着一个伟大民族新的飞跃与自尊
你那一座字
是高 37.94 米的丰碑啊
又一次颂扬着千年百年的英魂
你那一片字
是辽阔的天安门广场啊
检阅着从古到今浩浩荡荡的憧憬……

那一天，通过手臂的森林

旗如云　摄影：黄松涛

秦岭蜀道的第一声汽笛在写
使青藏公路通车的第一把铁镐在写
推万吨远洋货轮下水的船长在写
使新安江泻出万丈光明的电工在写
贺兰山下脱贫的猎户在写啊
雅鲁藏布江畔翻身的农奴在写

那一天，透过闪烁的信息
小城证券交易所又一组跳动的指数在写
边陲个体饭店又一组五彩的多媒体在写
地震灾区的又一个新生儿在写
登顶珠峰的又一位女硕士生在写
超高的"上海中心"，透过层层白云在写
超长的港珠澳大桥，穿过重重海浪在写
深卧在汉字里的长城在写
高唱在汉字里的黄河在写

那一天

述说历史
摄影：傅亮

你那条最后一个皇帝不会重现的路
高挂起任何一个农家女都能评说的灯
你那组从此关闭屈辱的历史场景
已成了全方位开放的长廊大厅
你那片黄土高原的幽深啊有了江南庭院的清静
不再跪在一个个不平等条约上哀鸣
你啊你
不再有瓦缝间一簇簇的狗尾草
不再有弥漫在门楼堞上的一团团浓雾
不再有——
游荡在征服与被征服之间镀着金粉的乱云！
你啊你
透过古驿道的滚滚风尘
在纵横的信息高速公路的交叉点上
该扭转的都已扭转，该见证的在继续见证！

那一天

我总觉得：
你请上海老人曾联松又来与我谈心
五星红旗的长与宽为何选用 3 与 2 的比例？
你最温暖的传送就通过椭圆形的五颗金星！
那一天
我总觉得：
你派开国大典的现场播音员齐越、丁一岚
又来转播那片飞机声、坦克声、马蹄声和刷刷的脚步声
你最丰富的联想又在这里奔腾！

好消息　摄影：周利国

那一天
我总觉得：你又挑北大生物系的莘莘学子打开横幅
连声呼喊着"小平，您好！小平，您好！"
你的自豪从来不会过时
任何一秒都任我们尽情填空
每一颗心都是一座历史博物馆啊
使你与每个人的关系精彩纷呈！……

只有贴紧你
才会发现你比任何想象更加迷人！
唯有你能试出我们的信念、我们的忠诚！
只要想起你，软弱时就不再软弱
只要想起你，旺盛时就更加旺盛！
只要想起你啊
就会听到你对空虚的大声质问！

为了把你的每个细节瞅得更清
一代代儿女在漫天的风沙中擦拭眼镜

原来，各式各样的雨磨损不了你鲜亮的征衣
岁月的刀
只会把你的脸色刻得更加深沉……

想一想吧是什么渗透在公仆的心血？
你怎么刷新了山川的每一处内容？
市场可以连连下着阴雨
继续长征的你却刮起新的雄风！

与许许多多的太行山和王屋山对阵
虽然处处有绊脚的眼神
面对着拦路的山崖啊智叟的讥讽
从不屈服的你组织起跨世纪的子子孙孙
一锄锄，一锄锄砍向守旧的千丈万仞
怕就怕只空想着把神仙感动
不想在老愚公的锄柄上
再刻下你遒劲的手印！

风平浪静的日子　摄影：徐章成

这些年，日子压入了留声机的最底层
一转动，你仍然荡起重锤般的回声
击穿耳膜的有九一八的《松花江上》
哪怕那山高水又深的《游击队歌》
更有那岳飞精忠报国的《满江红》
即使在最阴晦的雨季
你也向我们抒发驱不散的阳光阵阵
你唱着《听妈妈讲那过去的事情》、《南京知青之歌》
你唱着《年轻的朋友来相会》啊唱着《幸福快车》
一张又一张流淌着温暖的《我和你》

喜悦　摄影：石锋

一曲又一曲啊
交响着《复兴路上》的慷慨人生……

那一天
火一般燃烧的聂耳
游回到电子灯装饰的万里长城
义勇军依然是开路先锋，依然像大海一般雄浑！
九龙壁就是不承认一无所有！
南京路有自己的999朵玫瑰献给严冬里的恋人！
海南岛思乡的涛声依旧
特别的爱使得长白山的松柏棵棵常青！
你说：没有壮丽的歌
哪有出息的梦！

作者在青海湖畔采访

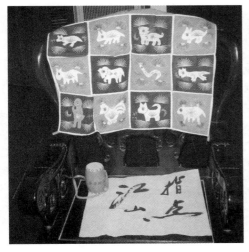

"红色诗人实物展"的展品及参观券

那一天
多少纤夫
拉着一条条金蛇狂舞的河
多少挑夫
挑着一座座不计算路程的重任！
你那被领巾染红的岁月
你那被乡愁拉长的黑夜
都有被豪情点燃的那些旋律啊

作者与外孙一起玩平板电脑

因为《革命人永远是年青》！
当命运的缰绳系着志向的骏马一路狂奔
青春之所以没被甩下来
就因为始终在你交给我们的最倾心的草原上
一边歌唱，一边驰骋！一边歌唱，一边驰骋！……

那一天
多少泪啊，敬献给那些全歼了敌军的战役
解放大平原的战役、直捣总统府的战役
所有的泪
都敬献给那些为了你的千百次壮烈的牺牲！

那一天，不再提苦风涩雨
问得最多的是新一轮国际比赛的进程
世界是一盘复杂的棋局
中国这枚棋怎样多一些赢的可能！
那些年啊一会儿在摸索一会儿又举棋不定
被贫穷这个顽敌死死缠住了脚跟
于是，总听见你在大喊：
赶快把棋路校正！赶快把棋路校正！

那一天
画像已经卸下了神的光环
爱因斯坦的同行终于开课
艾青的大堰河已经流向焦渴的天真！
多少惊喜从世界金曲的宝库里找到了知音
呼应着第九交响曲中的贝多芬
触摸着钢琴协奏曲中柴可夫斯基的灵魂！
为了从更多的角度俯瞰早春
就像花在蓝天的鸽群下颤动着初恋
心的楼群
在各自的空间吐露着个性……

俏！俏！俏！ 摄影：丁宁

那一天
所有的美丽都在开放
只有开放才会向往更宽阔的前程
这个时候，你既意味着一种坚持又体现了改正！
该发动的都开足了马达！
该支持的都找到了助手！
多少哨所的手机又在飞传你的身影
多少孤岛的微信又在贴出你的笑容
都想把生命乐章中最精彩的一段留给你啊
使自己溶入最神圣的一个组成部分！

那一天
你的影踪像时缺时圆的秋月
在一处处藏书楼里与郭小川一起歌吟
一会儿随着詹天佑修建的铁路向前延伸
一会儿又在闹翻身的黄土高坡
听到了小岗村的花鼓声声
那一天啊

垫江：悠闲的茶馆　摄影：桂兴华

你多么像不甘落后的驼铃
在大漠的寒风中强有力地呼唤
你是不是在周总理的手表机芯里已经规定了进程？

那一天
一生辛苦的彭德怀元帅嚼惯了红薯
来尝一尝庆丰小铺的肉包吧，仔细品一品！
那一天
龙头大茶壶倒出了更多的芳馨
长街上所有的展示、研讨和培训
都在被你拉近！
选手们都成了打破零的记录的许海峰
东方明珠塔那边的外资像摆开了赛场
投入自由贸易区的笑声啊一批比一批清新……

那一天
陈景润的伙伴们又钻入了月亮的内心
陈中伟的学生们又在再植断肢的英俊
那一天
为了攻克丝绸之路的猜想
中国的机器人用了无可比拟的灵活
大大小小的核电站配齐了形形色色的燃料
制造了寒冬里的暖春、酷暑中的秋风
油菜花随着你
四季都举着抢眼的三月
望不尽的桃花林也随着你
在陌生的脚边纷纷生根！

那一天
发明了造纸、印刷、指南针和火药以后
科学
又给了山顶洞人的后代第二双手、第三双手！

无数双手啊
为从未有过的色彩签发出生的证明
而科学
没有留一双手为自己领回传世的骄矜
但你铭记着、铭记着多少颗心全部投入了黑夜
你才永远沐浴着知识的阳光
住进了没有黑烟和污水的花园新村……

那一天
我无法用想象之雨
洗出你汩罗江边的生命之树会如何鲜嫩
也许
屈原的孩子们已经一字字敲出你的行程
和花蕾一起怒放出一朵朵笑声后面的笑声
岁月，也许在另一片信息的长空
将漫天雪花撒啊撒啊撒作五彩的诗文
当我女儿的女儿的女儿捧起它
像是《诗经》里的那塘荷花
又像是《离骚》里的那棵橘树
那时，你的旋律正来自又一颗飞旋的人造卫星……

那一天
网上传来了呛呛呛、呛呛呛呛的鼓声
那是许多年前的腰鼓队乘着雄风
舞来了保卫那一天、延续那一天的欢庆！
那些打着绑腿的脚步
还活跃着一版版新闻
此刻，我最熟悉的你又赶到了异国的黎明
粗糙的小米与你精致的思想
坎坷的征途与你犀利的语锋
又在国际比赛的各种领奖台上演得多么逼真！

那一天啊
一代代志士高扬起求索的手臂
随着你还在出征，出征！
小学一年级的课本里又升起了你
中央电视台的晚会上又一次飘扬着你
中国的笑脸越来越甜了！
笑红了又一个星球遥远的云
笑红了又一个火箭发射场的上升空间
笑红了一片片闪烁着和谐的各国荧屏……

人们都会惊呼
怎么每一滴雨点都这么香甜？
原来那是天宇上在召开群英会啊
所有被中华民族敬仰的人和你一起碰杯
溅出满天的美酒啊祝愿祖国——
繁荣更多的香山红叶、奔涌更多的漓江春水
塑造更多的敦煌飞天、诗化更多的西湖长堤
舒展更多的浦东大道，坚挺更多的苏州园林！
与世界上不同的文字啊一起携手同行……

那一天啊那一天
我们的历史，在梦中笑醒！

上海又在长高
摄影：桂兴华

附1　太阳，是你的吗？

——我看当前政治抒情诗

桂兴华

政治抒情诗，决不能排斥个人情思。

做"思想觉悟大提高"的"押韵传声筒"不行，"文学工具论"早已废弃。

从"我们"到"我"，是新时期诗歌的重大转折。

歌唱在阳光下生活的每一个人吧！歌唱积极向上的自己，就是歌唱这个充满朝气的时代！

太阳，这个被千万次重复的意象，猛然被刷新了。

太阳，不再是专用的名词，它有了更加复杂的隐喻。

《我的太阳》是一首世界名曲。

真希望政治抒情诗的作者们，站在新的起点上，每人都拥有一轮真正属于自己的太阳！

——题记

这些年总的感觉：该领域压力大，起色却不大。

"中国是一条大河／永远不会干涸／中国是一座森林／阅尽人间春色"、"三千年兴衰如浮云飘飘渺渺／五千年历史如黄河此长彼消"、"为了父老乡亲摆脱灾难，宁愿赴汤蹈火、身临沉冤；为了兄弟姐妹走向幸福，哪怕付出鲜血、付出牺牲"这一类的豪言太多。

像写遵义会议那样的"当我走进小楼／我恍然看见会场里举起的手／每只手仿佛都是参天大树／合起来就是一片森林／这森林覆盖面很大／后来绿化了整个中国"的精品太少。

纵观此营地，写作手法依然简单了。

50年前就有这样的诗句："祖国啊，你是大树，我是树叶／你是土壤，我是青禾／你是长江，我是小河"。

作者与朗诵家们一起在上海"东方艺术中心"朗诵《邓小平之歌》

可惜，今天，我读遍千行，最终还是不知壮怀激烈的放歌者"你掌心的痣在哪里？"

触发你的抒情点，究竟在哪里？不像读其他的一些情感诗，能被作者清新的风格、丰富的含意打动。你生硬的语言，成了新的三座大山。

你像位表情呆板的老汉，你的家人呢？你的孩子在哪谋生？

难道就没有阵阵斜雨打进窗来？难道就没有为涨价的水电费烦神？

怎么没有像汪锋那样在长安街上唱出："转眼过去的十年我已长大，妈妈的眼角也爬满了交错的皱纹，为了生存为了爱遍体鳞伤？"

怎么没有像张恒远那样以"一颗透明的心灵和会流泪的眼睛"唱出"夜空中最亮的星能否记起，曾与我同行，消失在风里的身影"？

陈腐气，导致了读者的大量流失。

政治抒情诗的作者姿态没有放低，也没有在意象的高坡上张扬青春之旗。

有所作为者，不多。因此：好多人凡见政治抒情诗，均斥之为"口号诗"。

都不愿读具体作品，还在一旁冷言冷语。

90 年代以来的诗坛面貌与猛进的中国不大相称。

与此同时：国家战略和大众生活被不少诗人漠视。

诗人的时代责任感过去被过分夸张，现在却以远离政治为荣，以鄙视崇高为乐。

小情调、小思想、小境界走俏。特别私人化的东西太多，缺乏对重大事件的关怀。

诗人是民族的一员，很难超越具体的政治。政治题材怎么与诗歌艺术紧密融合，怎么大踏步进入大众话题，难题重重。

理论界有些混乱。政治抒情诗的阵营里，审美标准又远离了艺术。

平庸之作被吹捧的现象屡屡发生。这样，就加剧了有心人的冷笑。

"堪称一部具有丰厚历史文化内涵的史诗性长诗，一部气势宏伟雄壮、表达一个东方民族腾飞梦想的长诗"，原来是"永远的信仰火炬 / 永远的理想旗帜 / 永远的意志 / 丰碑 / 永远的向往辉煌"那样一般化的叙述。

行文并不是诗的，不跳跃，不鲜活，思路刻板。

作者在那里高喊："我是你高山上的冰雪，我要融化 / 我是你河边的水车，我要歌唱 / 我是你前额的原野，我要泛绿 / 我是你胸前的花朵，我要开放 / 我是你脑海的思想，我要解冻 / 我是你心中的梦想，我要飞腾。"读者就是兴奋不起来，反而很累。

因为动词乏，修饰词多，语态拖沓，还自我膨胀。

政治＋抒情并不等于诗。

大题材的诗歌，往往失败于空泛。

"改革开放，富了中国 / 可贫富差距却在拉大 / 公平的缺失 / 正义的失衡 / 早拉响了 / 一串串警报……"

"想当年爬雪山过草地练刀枪打游击，想当年抛头颅洒热血齐抗战息狼烽，为的是驱除鞑虏终结内乱实现大同，为的是社稷安定国强民富天下为公。今天，让亿万人民觉醒过来奋发起来吧，让我们迈开大步走向明天同创大繁荣！"

这些的诗句，重蹈旧辙：政治术语频频入诗，直露而少"诗美"。

如何将大题材与小细节的结合，是一个大课题。将个人经历与时代背景结合得越巧妙，越容易打动人。

军旅歌曲《当你的秀发拂过我的钢枪》，对我们有启发。"其实我有铁骨也有柔肠，只是那青春之火需要暂时冷藏，你的纤手离开我的肩膀，我不会低下头泪流两行，也许我们走的路不是一个方向，我衷心祝福你啊亲爱的姑娘。如果有一天我脱下这身军装，不怨你没多等我些时光"。作者抓住了一瞬间，文章却做大了。有画面，有十分开阔的背景，更有人情味。

揭示了内心活动，切入点巧，感人。而靠概念生产出来的"政治抒情诗"，是短命的。充其量是配合形势的产物。何其芳早就认为"诗究竟还是不能走标语口号化的道路"。

"万山红遍，繁花似锦，战旗飞卷，鼓角震天"，那是诗的悲剧。

但是，有些作者抱着自己拥有的重大题材不放，听不进尖锐的批评。孰不知，专门为革命创作的作品，不一定是好作品。

"九十年来，党旗您飞扬在我心里 / 您用火红的热忱 / 创造科技发达的奇迹 / 您张开改革开放的双臂 / 在世界经济大潮中破浪搏击"。这种"概念化"的表态，何来艺术感染力？

别与空洞为伍。"人民的梦想 / 民族的展望 / 祖国的振奋 / 时代的篇章，"靠堆积社论里的词汇起家，成不了气候。

请你别给"政治抒情诗不耐看"的旧论点，提供新的病据。

编辑不要每逢节日或大事件就随便约稿，作者也不必勉强。

要知道：刻骨铭心的国庆节往往是你自己在干什么；雅安地震也与汶川时刻不同；国际题材更须深思熟虑。

很多人总以为：写政治抒情诗的，质量不会高。

有些诗人有很高的艺术造诣，但长期对这个品种不屑一顾。

有些著名评论家索性将其打入了另册。

诸如"它们从远古和大自然款款地走来 / 它们要告诉世界 / 告诉未来 / 走进心灵 / 梦境 / 走向地球星空和遥远 / 只有时间的隧道距离的跑道 / 情感的纽带 / 文化的桥梁 / 才能呈现 / 历史沧桑的瑰丽 / 自然山水的奇美 / 人世的斑斓丰富和追寻创造的快感"等等，实在缺乏新鲜的审美发现和当代特征，浅薄，败了大家胃口。

水分多，泥土的气息和汗的咸味就少，语言的建筑就难有新貌。

"我们靠近了老人有力的臂膀 / 就像依偎着巍峨的长城 / 去憧憬 21 世纪的绚丽风光，"也缺乏创意。

有多少警句、妙语，是思想性、艺术性的量化。

得下苦功：让想象的异峰一再突起。

公刘笔下诸如"旗应该永远是风的朋友 / 风，就是人民的呼吸"的佳句比比皆是，这才是大诗人。你能爆出"湖泊学会了思考和宁静 / 炊烟也有了高蹈的哲思"那样的火花，读者也会叫好。猛战士也藏有私情。真豪杰均怀柔意。

改变了绮靡词风的苏东坡，即使低回长叹，也极富感染力。

不要给人说：怎么又来了——那种以最容易的排比句形成的所谓"澎湃的气势"！

政治抒情诗是诗歌题材中重要的一部分。

如果说有特殊性，那就是它对诗人的政治素质、经历、阅历有更高的要求。

有些创作上多年不见长进的中年诗人，一看到政治抒情诗容易"走红"，也跃跃欲试。

想不到他们的作品，在党政主管部门那里遭到了冷遇。

他们就对政治反咬一口："有什么稀奇，只不过靠政治吃香！"

典型的"吃不到葡萄说葡萄酸"的心理。

有的诗人，的确是不懂政治。奇怪的是，平时仅仅满足于小道消息的他们，还自以为是。一上阵，思路就偏。有位宣传部长说："他还在台上瞎发挥，我心里干着急，他怎么越讲越离题了！"作者要学习政治家掌控全局的智慧。也要敢于、善于在政治家中解释自己独特的思路。

是否能让读者读下去，是硬道理。

诗越长，感染力这个对手就将你的毛病挑得越多。

缺乏思想、生活、艺术的准备，千万别图长！

这三项指标会告示：有些作者的艺术准备不足。

诗，不是越长越有震撼力的。几千行靠什么支撑？再重大的题材也得是诗啊！

塘面挖得这么大，激情的喷爆口不集中，就容易在概念上兜圈。

光注意到了古寺、石窟、彩陶、竹简、丝绸、瓷器、壁画、弓刀、化石、旧石器、甲骨文、古长城、火药、指南针、造纸、活字印刷等等意象符号，或者扫描了众多的历史人物，远远不够。罗列，仅仅是第一步。

这些符号或者人物，一定要有当代表情，否则就可能成了读者眼前匆匆的过客。

抓住细节，才能避免陈词滥调。

宏大叙事时：光抓住重要节点、中心事件、关键人物还不行，得用诗的手段。

不能把豪言壮语当作材料。细节永远是第一位的，蕴含诗意的细节掌握得越多，想象的空间就越大。

抗雪灾中的一些佳作：《一辆汽车在风雪中爬》、《听父亲在电话里说雪》、《致照片上啃雪团的士兵》，就在于精悍，在于小画面，在于微观上的深入。

有些作者就乏力在整体构思的细化上。正面攻，当然也可以。但很吃力。作者疲于奔命，往往浮光掠影，虚火过旺，形象思维却越来越弱。在设计宏大的框架以后，内装修没花大力气，好多部位就成了半成品。

目前：用诗写史，翻山越岭者众多。史得缘于诗，缘于情。精心布局是第一步。

汤汤松的《东方星座》细写 56 个民族，刘俊科的《红歌情怀》从一首首歌曲入手，角度很刁。这是十分聪明的。

浦东中学同学们在中共"一大"会址朗诵桂兴华的诗作《校友殷夫》

如《听妈妈讲那过去的事情》："那个高高的谷堆／一粒粒都是妈妈的心事／她只是挑出几颗作为种子／埋在青春的心灵／远逝的记忆，唤醒麻木的幸福／一个谷堆，避免了大地的荒芜。"

同一个题材一定要绕过熟门熟路，不能让人感觉雷同。

如："他走在浩荡洪流的涛头／他最先看到了那片绚烂的风景／他高声说出心中的联想和感情的涌动／他用诗歌般美丽的描述，表达日出的壮美。"

而在 50 年前，蓝曼就在题为《毛泽东》的诗中写道："千千万万中普通的一个，心中却又把千千万万人包容。伟大的名字划出了一个时代，一句话道破了世界的风向。"

哪个有冲击力？

对发表的政治抒情诗，为何一针见血的批评较少？

从事政治抒情诗创作的，有的有官场背景。

评论家的笔墨，不能光围绕着作者涉及的政治题材重大，就先给予盲目的赞扬。

适合跑什么样的路，车自己清楚。

作者也不要为自己站在了风花雪月派的对立面，表现了"大我"而沾沾自喜。

要知道：写什么，其实并不重要。真正亮自己底气的，是看你到底怎么写？

作者都有其自己的内因。请扪心自问：为什么写？为何不能与读者多一些内心深处的情感交流？读者，可不管你这位作者担任过什么官，就来买你这本诗集。

请看："面对着 30 年所取得的绝世奇迹，中国，又开始了深深的思考；五千年的华夏文明时刻让我们警醒，30 年的辉煌值得自豪决不能居功自傲。于是，那积淀深厚经世丰润的'和'文化，又一次成了 21 世纪中国发展高高的坐标——借人类的智慧偕世界的力量我们将和平崛起，让和谐社会文明古国展示出全新的现代风貌。"

一说教，脸色就苍白了。"官员诗人"要自律。

以为"诗与政治没有关系"，是一个误区。

瞿秋白说：每个文艺家都是政治家。

贺敬之说："否定诗与政治的联系，也是一种政治！"

艾青说："'政治敏感性'当然需要——越敏感越好。但是这种'敏感性'又必须和人民的愿望相一致。"

不能说诗人写了政治，水平就差。真正优秀的诗人，在消费至上的市民意识中，凸现了一系列有文学审美视角的诗作。他们的笔深入心灵，越挖越深。在赞歌、颂歌以外，还拔出了批判的剑！

食指早在1968年的《这是四点零八分的北京》里，就深刻地揭示了内心。

北岛的诗："我，站在这里／代替另一个被杀害的人／没有别的选择／将会有另一个站起／我的肩上是风／风上是闪烁的星群"。

说明朦胧诗的作者们，一开始就有明显的政治倾向，而且非常倔强，所以成了思想解放的先锋。

高洪波写道："商人的旗帜是金钱／乞丐的旗帜是可怜"，形象多么鲜明！

雷抒雁写道："一位红军老兵／永远难忘他陷进草地泥潭的战友／那最后举起的拳头握着最后的党费"，让人心动。

白桦更是振聋发聩："失明不是最大的缺失么？谢天谢地！自己的眼珠还在，而且熠熠生辉，甚至咄咄逼人。"

陕北的一首不知名诗人的《卖红薯的老人》："滚烫的炉膛／一肚子火／每天，都有作品／新鲜出炉／不为民做主的官／卖不出他这样的／好红薯"，联想奇特。

属于主流意识形态的政治抒情诗，得唱响盛世之音。

慷慨激越、直抒胸臆的诗风，的确是久违了。

但必须指出的是：被评论家赞赏的这种"诗歌品质"，恰恰是当前政治抒情诗最常见、多发的毛病。豪放，易。细腻，难。读者对作者的那种激动，并不买账。虚张声势，不行。

想一想：该如何唱响鲜龙活跳的"主旋律"？政治抒情诗首先得是诗。得动情。

如果在意象、语言等诸方面，还拖着从前"假、大、空"长长的尾巴，豪情万丈就将白白流去。

不能以精美的构思打动人，政治抒情诗怎么生存？

要给人以陌生感。"自我"特征就体现在对事物的独特敏感与发现，这是一种"看家本领"。

目的是为了表达得更有个性差别。千篇一律，就不能满足艺术的需求。

读多了"九十年来，党旗您飞扬在我心里／您用火红的热忱／创造科技发达的奇迹／您张开改革开放的双臂／在世界经济大潮中破浪搏击"那样粗糙的"宏大叙事"；我们就更加欣赏《你是我的眼》："是不是上帝在我眼前遮住了帘忘了掀开。如果我能看得见，就能惊喜的从背后给你一个拥抱。"更加呼唤马雅可夫斯基那样新锐的想象："红旗早已不再哭肿眼睛，因为党，有一只长着百万个指头的手！"

有了那片在悲愤中歌唱的小草，有了那只冷对各种诱惑的华南虎，有了政治与抒情统一于审美的正能量：太阳，可以是你的，也应该是你的！

2013.10.6—10.27 于上海

上海市委常委、时任上海浦东新区区委书记的徐麟来塘桥观看"红色诗人实物展"

摄影：罗建川

附2　　初雪

——专访贺敬之

桂兴华

　　二月七日早上，打开宾馆的窗，发现屋顶上铺满了雪。地面已湿。雪花无声地圆了北京 盼了 107 天的梦。这是个好兆头。过年前，我已与贺老约定今天见面。昨晚他保姆小刘在电话里告诉我：时间是下午五点。

　　离开天安门广场、北京音乐厅，雪花还在我的帽沿、大衣、红围巾上劲舞着诗意，我按响了地铁一号线木樨地站附近一所公寓的门铃。

　　第一次来到四楼新的客厅、书房。墙上挂满了书法作品。桌上摆着一排雕塑：风华正茂的毛泽东、"双手搂定宝塔山"的诗句等等。柯岩老师的几张大彩照十分醒目。听说此套毛坯房是她策划装修，后来却因住院直至去世未能入住。今天，她在镜框里和贺老一起迎接我。与我同去的纪录片《红色诗人》的摄像小李，在贺老的书架里拍下了我设计的记事册。在今天这一栏里，贺老用毛笔写着："下午五点桂兴华"。这本 2014 年特制的记事册是我上个月寄给他的。上面已记下他的许多要事，譬如何时观看电视剧《国家行动》。

我拿出上海音乐厅《峥嵘岁月》朗诵会的一些剧照，请贺老欣赏。他高兴地乐开了怀："我发现你身边有许多朗诵艺术家和朗诵爱好者。朗诵，为诗歌寻找到了一种符合群众需求的表达方式。时代需要正能量。群众喜爱明朗的诗风，随着朗诵激情荡漾。因此要多朗诵。我发现，一些写'小我'的作者，近来也频频朗诵了。诗歌呈现多样化，是件好事。"

我将以前写他的专访文章送给他留念。他打趣地说："有些人是将你和我都纳入'假大空'之列的"。我一笑了之："我，恰恰是'假大空'的死对头！"

贺："是啊。你很注重细节，而且越来越注重，不空泛。现在有一种观点，反映真善美的就是'歌德派'、'假大空'。发泄仇恨的、描写阴暗的、失望的作品，才算真实。积极向上的诗就是假的。这太片面了！对诗歌理论界的有些观点，我是一直不同意的。我们社会主义文学有自己旗帜鲜明的主张，有核心价值观。大，不一定空。黑暗，不一定实。而现在诗歌界有些观点不健康。我不是不坚持艺术标准。政治观点正确、艺术上比较差的作品群众也不欢迎。政治要求与艺术要求应该融为一体。我欣赏的诗歌都是有真情实感的。"

桂："你这本 1973 年人民文学出版社再版的《放歌集》，在我当下乡知青的十年中，给了我很多营养。"

贺："等一会我给你在书上签个名。说到这本书，1961 年是第一版。1973 年再版以后，立即被张春桥、姚文元批判为'文艺黑线回潮'，所以本来还想再版一些作者的书，原计划就夭折了。"

桂："书中收有《桂林山水歌》，有的批评家颇有微词，认为自然灾害期间，你怎么还大唱'桂林山水满天下'？"

贺："对这种批评，我早就知道。其实，中外古今的诗人作品已经替我回答了。同一个时代，即使同一个诗人都会有不同的艺术表现。这很正常。再说一下伤痕文学。有伤痕，可以哭。假如回忆我们解放军打仗的年月，轻伤是不下火线，重伤也不哭的。人要有崇高的精神。有的人提出要告别革命，实际上，是要否定革命！现在我讲话，也真有些难。我提倡某一种诗体吧，他说我是要用这一种来压另一种。其实，我的观点是：不管哪种诗体，都可以发展。"

看到小李在拍摄摆在茶几上的这些年由贺老题字的《激情大时代》《永远的阳光》《前进！2010》一系列我的大型朗诵会彩照，贺老又说开了："善于写领袖是你的一大特色。但你也写许多老百姓的题材呀，义无反顾。"我指着照片说："这些年来，你一直提醒我，要多写老百姓。我与你第一次见面是在 2003 年春天，珠海国际诗人笔会，我朗诵了描写建筑工地的《打桩！打桩！为了梦想打桩！》，我看到你那天晚上，鼓掌很兴奋。"

"我注意到：这几年，塘桥成了你的创作基地。这很好。那个春风一步过江朗诵团，既请著名朗诵家指导，又发动普通群众参与。这种形式你要坚持下去。"

"听说你捐了一些钱给社会主义文艺学会、延安鲁艺等单位。"

2011 年 1 月，作者在贺敬之家中

贺老淡淡地说："总共 100 万。因为学会的活动经费没有了，连开个会都开不起。捐给鲁艺的，是我请秘书送到延安去的"。

去年 十二月十九日，第二届中华艺文奖颁奖典礼在北京人民大会堂举行。贺老、秦怡等 10 位艺术家获得"中华艺文奖终身成就奖"。贺老是请儿子去代领的。

问起今年的打算，贺老回答："医生嘱咐我当心感冒，不要离京，我主要是配合做好'口述历史'，整理一些回忆。"谈着、谈着，他将已经为浦东《又一个春天》展览题好的字递给了我。91 岁的老人了，写起字来还那么雄健。我又请他为我即将在上海人民出版社出版的朗诵诗集题写书名《中国在赶考》："习总书记在西柏坡说过'赶考远未结束'。"他爽气地答应："明天给你送来！"临别，他一边笑着说："过年，我是不请别人吃饭，也不去吃别人的饭，"一边帮我穿上大衣，系紧围巾。我们祝愿他长寿，他在电梯口低着头回答："我很惭愧，白吃人民的小米了。"

八日上午，我在宾馆刚坐上出租车，只见小刘在雪地上踩着自行车，送来了贺老刚刚写好的毛笔字：《中国在赶考》。怀揣着这几个字，我的车直达月河路口的庆丰包子铺。猪肉大葱包子二两七元。那碗炒肝、那盘芥菜都被京味拌着。等候开票的队伍很长。几十张饭桌旁坐满了来自天南海北的旅客，我从提包里掏出贺老的那几个字欣赏。旁边的几位青年人问我："贺敬之是谁？""就是写《白毛女》、《南泥湾》歌词的"，我回答。

然后我对着摄像机说："中国正在赶考。我们每个人都在赶考的路上。诗歌，能否交出让时代满意的合格答卷？诗人们，赶考吧！"

2014.2.9 中午，追记于上海初雪中

1996 年 12 月，作者完成
长诗《邓小平之歌》

后　记
为了"特别的秀"

一、为了再短一些：让读者不疲倦；

为了不硬梆梆：让深情和柔软滋润字里行间；

为了适合朗诵：让听众能在每一个章节里浮现一个画面；

为了增添观赏性：每首诗都配上诗意的写照，或留下昂扬主旋律的朗诵者倩影。

为了——能有真正暖人心扉的"特别的秀"。

半年多来，我不断在书桌上与依依不舍的构思告别、整组、另起，午夜里的电脑屏幕，面对着我一缕缕更白的头发，一行行诗终于渐渐显示出了新的面貌。

《中国在赶考》是磨出来的。

变则通。这些天来，我坚决在诗的内容上，将长衫缩到了冒着热气的短袖体恤衫，义无反顾地从阶梯上跑了下来。我一心想再出一批精悍的新作，如《真理的小道》、《谁堵塞了生活，谁就负债》、《上海增殖的股票》、《浦东：虽然晚了一点》、《历史检票口》、

2012年4月，塘桥"首届中国政治抒情诗高峰论坛"　摄影：小多彩

《妈妈，请你睁开眼睛！》、《旗袍汹涌》、《时间》、《中国红了》、《我注册：诗的黄浦江》、《与美丽干杯！》、《中国在赶考——写在西柏坡》、《汉字，在梦中笑醒》等，汇编成这本从容而又及时的《中国在赶考》。

当前，写"中国梦"的作品很多。怎么找到自己的切入点，我苦苦寻觅。一天清晨，我在床上突然朦朦胧胧闪出"汉字在梦中笑醒"这一句，才猛然有了诗眼，诗句哗哗哗流了出来。情感挖到喷爆口，太重要了。

布置大格局的，是我。揪住小细节的，也是我。"大江东去"中有"小乔初嫁了"，是我的榜样。我不但劲吹"金号角"；更拔出一把锋芒毕露的嚯嚯直响的"靓剑"！

要学习政治家掌控全局的智慧。是否能让读者读下去，是硬道理。再重大的题材也得是诗啊！塘面挖得这么大，井眼如果缺少，就会在概念上兜圈。

怎样让人们读了我的作品，少一些埋怨，多一些信心？如果读了以后，觉得生活的色彩更加晦暗，我不喜欢这样的诗。我，也决不写这样的诗！我不明白：为什么有些人总胸怀敌意？有些

上海电视台节目主持人刘凝在朗诵
《邓小平之歌》

作者与小平同志的女儿毛毛在北京音乐
厅合影

猜测、有些判断,让我十分吃惊。生活难道真的这么糟吗? 只可能,
他们的小环境使之不快, 使之沮丧。自己要找找原因啊。别尽拖
人家的后腿, 自己要奋然跳出"苦坑"。拉后腿者, 其位置肯定在
后面。而希望别人成功的人, 自己才会成功。

十八年前,《邓小平之歌》被拍摄了"电视诗"。还出版了朗诵
盒带及 CD。 全国各地多种场合纷纷朗诵, 并成为中国第一部登上
国际互联网的长诗。那个早春, 上海思南路的一家小旅馆里。已经
去过小平家乡的我, 常常独自一个人, 只有贴在 201 室四壁的一张
张诗稿伴着我。春风会伸来好奇的手,掀动起诗稿的一角。异常的静。
雨很细、很柔,雨滴在屋檐上的声音加深了夜的感觉。电视机被我
关掉了,我沿着自己的路, 悄悄涉过历史的大海……

回想起 1979 年底, 我从安徽定远县回到上海。我已经为欢呼
粉碎"四人帮"写下了《十月六日》,我又在《星星》诗刊上发表
了反思十年动乱的《一个红卫兵的忏悔》,我为罗中立的油画《父

2014年桂兴华工作室联欢会
摄影：小多彩

亲》配诗在全市比赛中得了第一名。后来，我又在《星火》月刊上发表了控诉反动血统论的《第一声啼哭》……。我考虑最多的是：怎样不重复旧的意象？怎样把"我"摆进去？ 不管写什么，姿态要低些，更低些。千万别说教，别概念！"自我"特征，是一种"看家本领"。千篇一律，肯定失败。

在一次联欢会上，当我上台朗诵以后，群众一致高呼："写小平！写小平！"对我的触动特别大。我是一个下乡十年的老知青。情感的触发点在我曾经在那里读书、拥有十八户手印的安徽凤阳；在令我几回回惊呆、涌动着这么多新潮的深圳；在搬进去是荒凉一片，搬出来还毫无动静，但近年来使我迷路、使我连连昂起头来环视的浦东新区；更在于看到整个时代在远离"文化大革命"的轨迹。

1997年2月19日凌晨，小平同志离开了我们。东方电视台反复播放着《邓小平之歌》，孙道临、秦怡、曹可凡、袁鸣、乔榛、丁建华担任朗诵。我难忘道临老师在人民大道上临风吟诵的英姿。"两会"召开期间，秦怡对记者说："这些天自己的脑海里总是萦绕着参与朗诵的《邓小平之歌》中的一些诗句。"那时，文化部正在筹备一场朗诵会，主办者看了报道后，立即找到了秦怡和我。进京前，道临老师是总导演，给每个演员分工。在四月六日北京音乐厅举行的新闻发布会上，曹可凡还特意介绍了东方电视台是怎么组织拍摄这部电视诗的。道临老师还和我在饭桌上，对长诗进行了浓缩。摊开的诗稿上，留有他用笔画下的一次次思考。他对朗诵的语气、语调的处理，提出了许多非常好的建议。四月八日，北京音乐厅。休息中的孙道临老师，在沙发上闭起眼睛，嘴唇间轻轻吐着词。表演中，我看到身旁的邓琳不断地擦着眼泪。演出结束后，胡锦涛等中央领导会见了编创演职人

作者向上海档案馆捐赠长诗手稿　摄影：桂岭

员。我向锦涛同志赠书，他接过《邓小平之歌》，问身边的毛毛："你们有了吗？"毛毛笑着说："我们已经有了。"

　　在上海商城、兰馨大戏院、浦东新舞台，在哈尔滨北方剧场、杭州大剧院、上海大剧院、中国文联在北京工人文化宫的纪念改革开放30周年大型演出；最近在上海音乐厅的《峥嵘岁月》朗诵会……，在排练现场上我都成了导演，短袖衬衫总是湿漉漉的。先是与乐团商量，后是和观众交流，自己还上台朗诵，忙得既累又乐。为了使音乐符合朗诵的内容，我边听边纠正着伴奏。记得有一次，当排练到小平复出这一节时，演员和指挥静听着我的慷慨陈词："这是历史的大转折啊！必须起音乐！"见我这么激动，上海歌剧院乐团的乐手们当场鼓起了掌，然后伴奏起《在希望的田野上》。后来，《邓小平之歌》又在东方艺术中心第七次复排。秦怡老师等仍旧参加。随后进京演出，李长春等同志接见。

　　前年二月，秦怡专门来给我组建的"春风一步过江朗诵团"揭牌。我问她："眼角怎么有些肿？""我昨天撞在大玻璃窗上了"，说着，用手托了托自己的眼镜。就是在这样的情况下，她还是拖着疲惫的步子，缓缓走进了塘桥会场。她满头银发，目光炯炯，白底红黑相间的一条呢制长围巾飘在胸前。顿时，一道靓丽的春

光闪现。我扶她坐下时，她轻轻地说了句："我们是老朋友了"。

一句话，勾起了我十多年来与她交往的记忆。我去她家请她为朗诵团题名，她二话没说，铺开纸写了两遍。在她家中，我们一起排练过多次。我发现：她

秦怡在塘桥社区文化中心参观
"红色诗人实物展"摄影：小多彩

每次朗诵，都是自己用钢笔抄一遍词的。她认为这样能加深记忆。建党90周年前夕，我与她排练将赴京演出的新诗，她自己放着CD，听伴奏音乐。我说："你得有一个助手啊"。她说："不用，不用。"

她前年出访美国时曾朗诵过我写的《春姑娘》。前几天，她笑着对我说："我已经在三个地方都念了。今年，我在北京，全国文艺界联欢会上，又念了。"在诗中，我写道："就因为我们相伴着春姑娘，所以就永远只有青春，没有苍老！"这个春姑娘，是谁啊？是时代。也是一个个具体的朝气蓬勃的奋进者。秦怡和丁建华，是其中代表性的。

比我小5岁的丁建华，总谦虚地喊我"桂老师"，有时候叫我

秦怡、赵屹鸥、张培、陈少泽在北京朗诵《邓小平之歌》（资料）

1997年，孙道临、曹可凡与作者在上海兰馨大戏院门口　摄影：孙炼军

"桂大哥"。她说："在我的艺术生涯中，参加过无数次不同形式的朗诵会，但整场诗朗诵的内容都是一个诗人创作的，除了桂兴华没有别人。在我朗诵的诗篇中，细算起来，时间最长，数量最多，场次最密的也是桂兴华的作品。当人们夸奖我的朗诵时，我总会情不自禁地说：首先是作品好。桂兴华的诗对我本人就很有冲击力，他的诗有一种穿透力，大题材中有许多小细节。"

从1993年起，她就朗诵过《韶山，一个小站》。那年去长沙，虽然时间很紧，但她还是执意要去韶山冲看看，她在毛主席故居的堂屋里对乔榛说："这就是桂兴华诗里写到的神龛……"这次，又亲自将诗抄了一遍，在电话里与我一句一句核对。

丁建华历来很尊重诗人。如果要改动诗句，总事先征求我的意见。1997年，她和乔榛在长城上拍摄《邓小平之歌》的MTV，对其中的一句"1978年那不是冬季的冬季"有不同的理解，就站在烽火台上两次与上海的我通电话，在电话里和我沟通。那时候，身边的寒风正呼呼地吹，"那不是冬季的冬季"意味深长。

1999年，《中国豪情》在上海大剧院、南通师范学院等处演出。在去南通的长途汽车上，丁建华发现朗诵的伴奏带忘记带了。在排练时临时找来的音乐都不理想，她和乔榛就干脆决定"清诵"。有人担心："十几分钟的朗诵，没有一点音乐，行吗？"而她却很自信，好歌好戏能清唱，好诗为什么就不能清诵呢？结果，有记者这样写道："会场里响起如雷般的掌声，政治抒情诗在当代大学生中引起强烈反响，出乎人们的意料。"

2013年《峥嵘岁月》朗诵会，在塘桥、甲秀里毛泽东旧居、上海音乐厅、周家渡街道举行了四场。朗诵艺术家带领着朗诵爱好者，无论在艺术殿堂，还是在街头社区，都面向滚滚的人潮抒情。群众以对于明朗诗风的特殊钟爱，接纳了我的诗，并且随着一阵阵令人荡气回肠的朗诵而激情荡漾。

我体会到：落笔之前，思想大于形象，可能是优势。我既写毛泽东，又写邓小平，对"两个不能否定"的论述十分赞同。对朝气蓬勃的红

《邓小平之歌》朗诵团队在北京合影　摄影：桂玲

2013 年 12 月，作者在"峥嵘岁月"朗诵会现场　摄影：小多彩

领巾时代印象深刻，对黑风摧城的"文革""动乱"非常痛恨，对一步过江的改革春风又全身心拥抱。我深深感到：没有邓小平，就没有我们这一代的今天。没有邓小平，就没有当代中国的巨变！

而在启动之时，飞翔的轨迹却必须是形象。如果依然不翱翔想象，诗篇势必一片苍白。优势已经转化为劣势。

问题是：目前的评论家往往对主旋律作品只强调其政治倾向，却不批评其十分贫乏的艺术感染力。而对先锋类的佳作，只欣赏其表现手法任何高超、跳跃，不对其仅仅关注杯底风波的习性，

地铁宣传进社区　摄影：小多彩

2014年春节前，作者与塘桥街道干部一起拜访秦怡　摄影：孙炼军

加以劝说。使其视野，能够逐步向大千世界展开。

这种评论的局面，就导致眼前的诗坛容易呈现：高昂者空喊，低吟者迷离。如果：写政治的，强调些艺术；攻艺术的，有些政治头脑——诗，就马上有了另一番色、香、味。

豪放，易。细腻，难。读者对作者的那种激动，并不买账。虚张声势，不行。想一想：该如何唱响鲜龙活跳的"主旋律"？政治抒情诗首先得是诗。得动情。如果在意象、语言等诸方面，还拖着从前"假、大、空"长长的尾巴，豪情万丈就将白白流去。不能以精美的构思打动人，政治抒情诗怎么生存？

《中国在赶考》中，我兴奋地发挥自己的特长。回想第一次进自由贸易区采访，我真是被分秒必争的现实倒逼。代办员纷纷问我：注册公司吗？担心注册的名称重复，一堆堆人在询问。这么年轻，这么拼，让我更觉得自己老了。害怕竞争，是苍老的标志啊。纵览全局，不容易。不必都套翩翩风衣。真正的大家，往往能上天入地，既有"才气"，又有地气。指点江山者决不会在小圈子里兜。诗人得有社会责任。位于核心地带，却不到底层探个究竟，难免空话连篇。

从1993年的《跨世纪的毛泽东》到这本《中国在赶考》，可看出我的朗诵诗，在上海市委宣传部历届领导的悉心指导下逐步行进的轨迹。我从大江奔腾渐渐变成了细水长流。即更注重细节，以小见大了。挖井比开塘更有艺术效果。

此刻，迎财神的鞭炮又在窗外噼里扒拉炸个不停。这些年来，我对鞭炮是越来越讨厌。那些红雨下得不实在。心中也渐渐扫去了鞭炮屑那些夸张的芬芳。何必那么嚣张。低调者、默默前行者反而会走得更长久。在这此起彼伏的交响中，我显得更加冷静了。我有我自己的红。即使手中有鞭炮，我也不放。

塘桥，使我这几年的创作有了亮色。这是我不可多得的"红色根据地"啊。这本书里的许多感受，就来自塘桥。"春风一步过江朗诵团"成了我新作的"试验田"：哪些题材群众喜欢，哪些段落现场有效果？马上有反应。塘桥，使我的诗有了出发点和目的地。

怎样在朗诵活动中实现"高与低"的结合？

作者在参观英国莎士比亚故居

几年来，我一直在摸索。既请朗诵家到现场指导，理论家评判，又发动各阶层、各行当、各种年龄段的群众参与。感谢上海金融工会再次与我合作，贡献了许多摄影家的佳作，上海申通地铁公司的领导及其工会干部与我长期合作，群众朗诵活动也很出色，对我这本新作十分支持。

上海人民出版社社长王兴康、总编王为松、副总编曹培雷、责任编辑苏贻鸣等对本书付出了大量心血，在此表示感谢。这是上海人民出版社为我出版的第九本书。本书封面设计钱宇辰几易其稿，美编甘晓培也协助配图设计，在此一并感谢。

但我毕竟66岁了。我担心自己的诗章老。感谢93岁的高式熊先生，送了我"特别的秀"四个字。这四个字摘自我《敲醒甲秀里》中的诗句。我想：只有秀得发自内心，秀得自然，秀出新枝嫩叶的时代感，春天里的我，就还能"秀"。

写于2014年春节，上海

作者接受塘桥社区文化中心艺术顾问的聘书

图书在版编目（CIP）数据

中国在赶考：桂兴华朗诵诗插图本/桂兴华著. ——
上海：上海人民出版社，2014
ISBN 978 – 7 – 208 – 12155 – 3

Ⅰ.①中… Ⅱ.①桂… Ⅲ.①朗诵诗－中国－当代
Ⅳ.①I227

中国版本图书馆 CIP 数据核字（2014）第 050654 号

责任编辑　苏贻鸣　张晓玲
封面装帧　钱宇辰
美术编辑　甘晓培

中国在赶考
——桂兴华朗诵诗插图本
桂兴华　著
世纪出版集团
上海人民出版社出版
（200001　上海福建中路193号　www.ewen.cc）
世纪出版集团发行中心发行
常熟新骅印刷厂印刷
开本 890×1240　1/32　印张6　插页10　字数 168,000
2014 年 5 月第 1 版　2014 年 5 月第 1 次印刷
ISBN 978 – 7 – 208 – 12155 – 3/I·1235

定价 40.00 元